祈りのカルテ

知念実希人

角川文庫
22546

CONTENTS

彼女が瞳を閉じる理由

1

冷たい水が食道をとおり胃へと落ちていく。山野《やまの》瑠香《るか》は大きく息を吐くと、リビングテーブルに散乱する空になった薬のPTP包装シートを一枚、指ではじいた。硬いフローリングに座る瑠香はのろのろと首を回し、タンスの上に置かれた写真立てに視線を移す。写真の中で、瑠香は若い男と手を繋《つな》いで立っていた。男のどこか頼りなげな、それでいて優しそうな笑顔に、水で冷やされた胸骨の奥がほんのりと温かくなっていく。三年前、幸せだった頃の記憶が頭ではじけた。

恍惚感《こうこつかん》を味わいながら、右手首の腕時計に視線を落とす。時計の日付は『3』を示している。もう十一月三日になったのか。それじゃあ明後日《あさって》だ。明後日まで『あそこ』にいれば、きっとまた優しい彼と会える。

優しい彼に会える？　本当にそうだろうか？　唐突に湧き上がってきた強い不安が、胸を締め付ける。息苦しさに襲われ、呼吸が荒くなっていく。

瑠香は慌てて腕時計の上から手首を撫《な》でた。何重にも紐《ひも》が巻き付いているかのように白い筋が刻まれている手首を。

高校時代からくり返してきたリストカットの痕《あと》。それに触れると、乱れていた心が少しずつ凪《な》いでくる。

細く長く息を吐いた瑠香はテーブルに置いてある携帯電話を手にとり、ボタンを押しはじめた。

『はい一一九番です。火事ですか？　救急ですか？』

電話越しに、オペレーターのはきはきとした声が響く。

「……薬を飲みました」

『はい？』

オペレーターが訝《いぶか》しげにつぶやくのを聞きながら、瑠香は唇の端に笑みを浮かべた。痛々しいまでに自虐を込めた笑みを。

「いま、睡眠薬をいっぱい飲んだんです。……早く救急車をよこして」

2

……眠い。ついさっき診察した交通外傷患者の治療内容を電子カルテに打ち込みながら、諏訪野良太《すわのりょうた》はディスプレイの右下に小さく表示されている時刻を見る。そこには『２：０８』とあった。

もう午前二時過ぎか、眠いはずだ。あくびをかみ殺しながら室内を見渡す。三十分ほど前までは戦場のようだった純正《じゅんせい》医大附属病院の救急室も、今は閑散としていた。奥にある救急処置室の、三床のベッドも空いている。ただ、いつ患者の搬送があるかは分からない。長い夜を乗り切るためにも仮眠をとっておきたいところだ。しかし十数分前、先輩救急医の「カルテよろしくな」という言葉に、反射的に「はい喜んで！」と居酒屋店員のような返事をしてしまったため、こうして一人寂しくキーボードを打つはめになっていた。

まあ、一年目の研修医ができることなんて、これくらいしかないもんな。諏訪野は座ったまま、痩《や》せた長身を伸ばす。背骨からコキコキと音が響いた。

医学部を卒業し医師国家試験に合格した者は、研修医として二年間の初期臨床研修を受ける。その二年間で内科・外科・小児科・産婦人科・救急など、様々な科を数ヶ月ごとに回っていき、医者としての基礎的な力をつけるのだ。諏訪野は約半年前から、母校である純正会医科大学の附属病院で研修をしていた。

現在、諏訪野が研修しているのは精神科なのだが、この純正医大の研修では、どの科で研修していようとも週に一回程度、救急部での当直をすることが義務づけられている。そのため、昨日の午後六時からすでに八時間以上、諏訪野は救急医と共に、ひっきりなしに搬送されてくる患者の診療に追われていた。

あと一息だ。さっさと終わらせて仮眠を……。諏訪野が再びキーボードに手を置くと同時に救急控え室の扉が開き、ユニフォームを着た中年の男が少々髪の薄い頭を掻《か》きながら出てきた。救命救急医の上松《うえまつ》だった。

「カルテは終わったか？」

近づいてきた上松は、肩越しにディスプレイを覗《のぞ》き込んでくる。

「あ、いえ、もう少しです。あと三分もすれば終わりますから」

「あとにしろ。救急要請が入った。準備するぞ」

上松はあくび混じりに言うと、救急室の端で雑談をしていた看護師たちを手招きする。

「救急患者が来るんですか？」

諏訪野は反射的に聞き返した。救急要請があったとき、上松は決まってその堅太りした全身に緊張感をみなぎらせ、腹の底に響く声で指示を出していく。しかし、いまは休日の朝に叩《たた》き起こされたマイホームパパのように覇気がない。

「救急患者じゃねえよ。『救急車で搬送されてくる患者』っていうだけだ」

上松はもう一度「救急患者じゃねえよ」とつぶやくと、周りに集まってきた看護師たちを見回す。

「二十六歳、女性、多量服薬。意識混濁、バイタルは正常。あと五分ほどで到着予定。いつものお客さん。瑠香ちゃんだよ」

看護師たちの間に張り詰めていた空気が一気に弛緩《しかん》した。

「ああ、瑠香ちゃんね……」看護師の一人が鼻を鳴らした。

「あの、瑠香ちゃんって……」

戸惑いながら諏訪野はつぶやく。

「なんだ、お前はまだ見たことないのか。ここの有名人だよ。まあすぐに分かる。とりあえず準備するぞ」

上松は諏訪野の肩を叩くと、再び盛大にあくびをしながら救急処置室へと向かった。

処置室でスタッフたちは点滴や採血の準備など、患者の受け入れ態勢を整えていく。しかし、その動きは普段に比べて明らかに緩慢だった。諏訪野が首をかしげているうちに、遠くから救急車のサイレン音が響いてきた。不安をかきたてるその音は、どんどんと大きくなり、そして唐突に消えた。すぐに処置室と外とをつなぐ自動扉が開き、三人の救急隊員ががらがらとストレッチャーを押しながら入ってくる。

ストレッチャーに駆け寄った諏訪野は、その上に横たわる搬送患者を見る。痩せた若い女だった。長い髪が茶色に染められている。顔はどちらかと言えば整っているが血色が悪く、頬もこけていて、幸薄げに見えた。

「山野瑠香さん。二十六歳、女性。睡眠薬を多量服薬したあと、自分で救急要請をしてきました。部屋には睡眠薬の空きシートが散乱していました。意識レベルはジャパンコーマスケールでⅡ-10。血圧は百十八の六十四、脈拍六十八、体温三十六度、サチュレーションは九十九パーセントです」

隊員の一人が流れるように患者の状態を説明していく。しかし、その口調はどこか投げやりに聞こえた。

隊員とスタッフの手で、女はストレッチャーから処置ベッドへと移される。その際も、女が目を開くことはなかった。

「はいはい。いつもお疲れ様。あとはやっておくよ」

上松から書類にサインをもらうと、隊員たちは苦笑を浮かべながら救急処置室から退散していった。

普段の救急搬送とは明らかに異なる雰囲気に戸惑いつつも、諏訪野はとりあえず点滴ラインをとろうと、点滴針とアルコール綿を手にベッドの脇に立つ。ベッドを挟んで反対側に立った上松は、患者の肩を乱暴に揺すりはじめた。

「山野さん、聞こえる？　病院だよ。また薬を飲んじゃったの？」

また？　諏訪野が眉根《まゆね》を寄せると、ベテランの看護師が耳元で囁《ささや》いてくる。

「常連さんなの。一、二ヶ月に一回はこうやって睡眠薬の多量服薬で搬送されてくるのよ。もともとうちの精神科にかかっていた患者さんで、時々リストカットとかして受診していたんだけど、二年ぐらい前に離婚してからは、何度も多量服薬しては搬送されてくるの。短いと、三週間ぐらいのスパンで運ばれてくるかな」

諏訪野は右手に視線を落とす。そこにはいくつもの白い傷痕が刻まれていた。バーコードのように密に並んだそのリストカットの痕に頬が引きつる。

「山野さん、山野さーん。……だめか。とりあえずモニターつけて点滴して、ベッドで寝かしておこう。朝になったら精神科に引き継ぎだな」

どんなに体を揺すっても患者が反応しないのを見て、上松は肩をすくめた。

「あの、胃洗浄とかは……」諏訪野は小さく手を上げる。

「胃洗浄？　いらないいらない。この子が飲んでくるのは眠剤二十錠ぐらいっていつも決まっているからな」

「二十錠って、大丈夫なんですか？」

「ああ、昔のバルビツール酸系の睡眠薬は、ちょっと多めに服薬すると致死的になることもあったけど、いま主流のベンゾジアゼピン系の睡眠薬は、ほとんどの種類で致死量に達するのに数千錠は必要だからな。胃洗浄で誤嚥《ごえん》起こすリスクの方が高いんだよ。念のためにモニターつけて、あとは点滴して寝かしておけばいいさ。もともと、自殺なんてするつもりないし」

「え？　どういうことですか？」

「さっき救急隊が言っていただろ。薬を飲んだあと自分で救急要請したって。本気で死ぬつもりの奴がそんなことすると思うか。この患者、これまで二十回以上、同じことをしてるんだ。かまって欲しいだけなんだよ。あとあわよくば、心配した元旦那《だんな》に会いにきて欲しいってところかな。見ろよ、旦那に依存しすぎて、自分でこんなもの入れちまうんだぜ」

上松は無雑作に、女が着ている長袖《ながそで》シャツの左袖をまくる。あらわになった二の腕を見て諏訪野は声を上げそうになった。

女の細い上腕部には、タバコを押し当てたような点状の火傷《やけど》がいくつも刻まれていた。そのうちのいくつかは、ごく最近につけられたものなのか、赤黒く爛《ただ》れている。

火傷が文字の形になっていることに気づき、背筋が冷えていく。

『あ　き　ら』。女の白い腕には、痛々しい火傷でそう記されていた。

3

「おはよう、諏訪野先生」

精神科医局でデスクに突っ伏して寝ていた諏訪野は、肩を叩かれてびくりと体を震わす。唇のはじからこぼれていた涎《よだれ》を手の甲でぬぐいながら背後を見ると、精神科での指導医である立石聡美《たていしさとみ》が、黒縁の眼鏡の奥から諏訪野を見下ろしていた。肩の辺りできれいに切りそろえられたボブカット。化粧っ気の薄い、三十代半ばにしては幼さを残す顔に笑みが浮かんでいる。

「立石先生、おはようございます！」

諏訪野は席から立ち上がり、直立不動で挨拶《あいさつ》する。大学の六年間を柔道部という体育会系の世界で生きてきたため、どうしても先輩医師には過剰に慇懃《いんぎん》になってしまう。

「なんか疲れているみたいだね。昨日の当直は眠れなかったの？」

「ええ、けっこう忙しくて。けど、先生の美しいお顔を拝見して、ぱっちり目が覚めましたのでご安心下さい」

「そんな軽口叩けるならまだまだ大丈夫みたいね」立石の顔に苦笑が浮かぶ。

首をすくめながら腕時計を見ると、時刻は午前八時半を少し過ぎていた。

「もうすぐ外来ですよね。すぐ準備します」

デスクの上の飲みかけの缶コーヒーをあおる。今日は九時から立石の外来を見学する予定だった。患者の前で船をこがないように、しっかりカフェインを補給しておかなければ。

「ああ、今日の外来見学はいいよ。頼みたい仕事があるから」

「頼みたい仕事、ですか？」

「昨日、ていうか今日か。諏訪野先生、搬送されてきた山野瑠香ちゃんを診察してるよね」

「はあ、まあ。診察というか……俺はほとんどなにもしてないですけど」

「あの子、私たちが担当になったの。私が外来やっている間に話を聞いて、とりあえずカルテを埋めといてくれると助かるな」

「え？」

脳裏に数時間前に見た痛々しい火傷が蘇《よみがえ》り、睡眠不足の頭に重い痛みが走った。

「とりあえず、一緒に瑠香ちゃんに挨拶行こうか」

呆然《ぼうぜん》とする諏訪野を尻目《しりめ》に、立石は白衣のすそをはためかせながら歩き出した。

「問診って、どんなことを訊《き》けばいいんですか？」

精神科病棟へ向かいながら、諏訪野はとなりを歩く立石におずおずと訊《たず》ねる。

「んー。とりあえずは、今回はなにがきっかけで多量服薬をしたのかとか、いまどんな悩みがあるのかとか聞き出せばいいんじゃない？　まあ、そんなに気張らないで、軽い感じで雑談してあげてよ。得意でしょ、初対面の人と仲良くなるの」

「はあ……」

精神科病棟に入った立石は、向かって右側の重厚な扉がある閉鎖病棟ではなく、左側の開放病棟を進んでいき、個室の前で立ち止まる。

「閉鎖病棟じゃないんですね。あと、個室なんですか？」

「ここは個室代かからない部屋だから。彼女、他の患者と一緒だと不安定になるの。それに、多量服薬って言っても本気で自殺するつもりじゃないし、入院している間は自傷行為もないから開放病棟でいいのよ」

扉に手を伸ばそうとする立石に、諏訪野は慌てて「あの」と声をかけた。

「火傷で恋人の名前を腕に入れるなんて、よくあることなんですか？」

「ああ、あれのこと。たしか、瑠香ちゃんがまだ結婚していた頃に入れたやつだね。『よくある』ってほどじゃないけど、何人かしているのを見たことがあるわね。痛い思いをして体に相手の名前を入れることで、その人との絆《きずな》を実感できるんだって。時々、恋人の名前を入れ墨する人とかいるじゃない。それに通じるものがあるのかも」

立石は引き戸を無造作に開ける。そこには六畳ほどの病室が広がり、窓際に置かれたベッドに山野瑠香が横たわっていた。ベッド脇に置かれた心電図モニターが、ピッピッと規則正しく電子音を響かせている。

瑠香の目は開いていた。すでに睡眠薬の影響は消えているようだ。しかし、彼女に意識があるのか諏訪野には確信がもてなかった。天井に向けられたその瞳《ひとみ》は焦点が合っておらず、虚《うつ》ろで、まるで眼窩《がんか》に硝子玉《ガラス》がはまっているかのようだった。

立石はすたすたとベッドに近づき、笑顔で瑠香に話しかけはじめる。

「久しぶり瑠香ちゃん。立石だけど覚えてる？　去年、一回担当になったよね。今回も私が主治医になったからよろしくね。で、こちらは研修医の諏訪野先生。今日は彼がお話聞くから、重ねてよろしく」

「諏訪野です。よろしくお願いします」

諏訪野は頭を下げる。瑠香は一瞬だけ横目で視線を送ってくるが、すぐにまた天井を眺めはじめた。色白の顔からはあらゆる感情が消え去っていて、精巧な人形を見ているようだった。

「それじゃあ諏訪野先生、あとはよろしくね。私は外来行ってくるから」

片手を挙げると、立石は軽い足取りで出口へと向かう。諏訪野が「あっ」と声をあげたときには、白衣に包まれた華奢《きゃしゃ》な背中は病室の外へと消えていた。

諏訪野はおそるおそる瑠香を見る。

「あの……、どうも。諏訪野っていいます。まだ研修医ですけど、立石先生と一緒にしっかり診させていただきますのでどうかよろしくお願いしますね。なにか困ったことかあったら、なんでも言ってください」

「……そう」

初めて聞いた瑠香の声は、聞き逃してしまいそうなほどか細く、掠《かす》れていた。

「えっと……。まずはちょっとお話伺ってもいいですか？　今回は睡眠薬を多量服薬されたんですよね。あの……、なにかきっかけとかあったんですか？　嫌なことがあったとか？」

瑠香は無言で天井を見つめ続ける。鉛のような沈黙が空間を満たしていく。数十秒の沈黙のあと、血色の悪い瑠香の唇が動いた。

「……なんとなく」

「なんとなくですか……。はい……了解です」

再び落ちる重い沈黙。

こんな難しい患者を研修医に丸投げしないでくれ。諏訪野は心の中で立石に向かって愚痴を漏らしつつ、次に発するべき質問を必死に考える。ふと、数時間前に見た瑠香の左腕が思い浮かぶ。

「あの、『あきら』っていうのは……」

その名前が喉《のど》から滑り出た瞬間、瑠香はぐるりと勢いよく首を動かし、睨《にら》みつけてきた。明らかな敵意、いや殺意さえはらんでいそうな視線に射貫《いぬ》かれ、諏訪野は全身を硬直させる。

「私の旦那《だんな》よ。なにか文句あるわけ？　そうよ、全部あの人のせいなの。ただあの人に……優しいあの人に会いたかっただけなの！　だから病院に運ばれたの！　それのなにが悪いわけ。なにも知らないくせに」

　喉の奥から絞り出すように、瑠香は支離滅裂な怒声を放ち続ける。予想外の敵意を浴びせかけられ、諏訪野はただ立ちつくすことしかできなかった。

　瑠香の顔から、潮が引くように表情が消えていく。人形のような無表情に戻った彼女は、その無機質な視線を再び天井へと向けた。諏訪野は胸に手を当て、痛みを感じるほどに加速した心臓の鼓動を必死に抑えようとする。

「……あの女医に伝えておいて。明後日《あさって》になったら出て行くから、それまで入院させてって。もし、その前に退院させたら、また薬飲んで運ばれてくるから」

「明後日？　明後日になにが？」

　ひび割れた声で訊ねるが、瑠香は唇を固く結んだままだった。その全身からは強い拒絶の意思が発せられていた。

「……すみません、失礼します」

　あまりの居心地の悪さに耐えきれなくなり、逃げるように部屋から出る。廊下に出て大きく息を吐いた諏訪野は、唇をかんで天井をあおいだ。

目が痛い。瞼《まぶた》の上から眼球を揉《も》む。睡眠不足にもかかわらず、ずっと電子カルテのディスプレイを凝視していたため、目の奥に重い鈍痛がわだかまっていた。

瑠香の病室をあとにした諏訪野は、いまさら立石の外来見学に行くわけにもいかず、医局で三時間近く山野瑠香のカルテに目を通し続けていた。特にやることがないなら、当直室に行って仮眠でもとっていればいいのかもしれないが、そんな気分にはなれなかった。

精神科のカルテは患者のバックグラウンドについて事細かに記してある。『抑うつ状態』『境界性パーソナリティ障害』『自傷行為』『多量服薬』などの診断が記されたカルテを過去のものから読むことで、瑠香のこれまでの人生について知ることができた。それにより、病室でのやりとりで沈み込んだ精神は、アリジゴクの巣にはまってしまったかのようにさらに落ちていった。

山野瑠香は幼い頃に両親が離婚し、母親に引き取られた。中学生の頃に母親が再婚するが、義理の父親となった男とそりが合わず、家出をくり返す。高校に入学するとすぐに不良グループの一員となり、万引きで補導されて退学となった。それを機に母親とは決別し、男の家を泊まり歩くようになる。

　そんな瑠香の人生が大きな転機を迎えたのは、二十二歳の時だった。その頃、水商売で生計を立てていた瑠香は、客として店を訪れていた会社員の男と交際するようになり、すぐに結婚した。夫の名は岡部《おかべ》彰《あきら》。あの左腕に刻まれていた名前だった。

　しかし、幸せは長くは続かなかった。結婚後数ヶ月もすると、二人は激しい夫婦ゲンカをするようになり、そのたびに興奮した瑠香が自傷行為をして受診するようになっていった。あのタバコを押しつけたような火傷《やけど》も、この際に負ったらしい。

　カルテによるとケンカの原因は『夫が仕事から帰るのが遅い』『夫が室内でタバコを吸った』『夫が携帯電話にでなかった』など、些細《ささい》なことばかりだった。その結果、瑠香の過剰な依存に夫が耐えきれなくなり、結婚生活はわずか二年で破綻《はたん》した。そして離婚後、多量服薬が始まった。睡眠薬を何十錠も飲んでは自分で救急要請し、この病院に搬送されている。

「優しいあの人に会いたい」

　ついさっき聞いた瑠香のセリフが、脳内で再生される。もしかしたら彼女は元夫の同情を引きたくて、もう一度夫婦としてやり直したくてあんな行動をとっているのかもしれない。しかし、その行動が逆効果だということは明らかだ。その判断ができないほどに平常心を失っているのだろうか。

「やあ、瑠香ちゃんの担当になったんだって？」

唐突に背後から大きな声をかけられる。振り返ると、精神科の講師である亀山《かめやま》が肩越しにディスプレイを覗《のぞ》き込んでいた。

「あ、どうも亀山先生。先生も山野さんをご存じなんですか？」

「うちの科で瑠香ちゃん知らない奴はいないよ。二ヶ月に一回は入院してくるんだから」

二ヶ月に一回は入院、そして救急室の看護師によると、短ければ三週間のスパンで搬送されてくるらしい。三週間から二ヶ月ごとに搬送され入院。なぜそんな規則性が生じているのだろう？　瑠香のカルテを読んでから、どうにも頭蓋骨《ずがいこつ》の中がむず痒《がゆ》いような感覚があった。なにか見逃している気がする。こめかみを押さえる諏訪野を尻《しり》目《め》に、亀山はどこか得意げに話し続ける。

「まったく、やってられないよね。なんでこんなに忙しく働いている俺たちが、薬飲んでグースカ寝てる奴の面倒見なくちゃいけないんだよ」

「……そうですね」

「第一さ、あの子が飲んでいる薬、どこから出ているか分かる？　俺たちの税金だよ」

「どういうことですか？」

「ああ、あの子、生活保護の受給者なんだ。だから医療費は無料。きっと、どこか適当な病院で『眠れない』とか言って眠剤をもらっては、それを一気に飲んでうちに運ばれてきて入院しているんだよ。あの子の独り相撲に税金が投入されているってわけ」

　鼻を鳴らす亀山の姿に、なぜか無性に気分が悪くなった。

「あの子、たしか子供の頃に両親が離婚したんだよね。それのせいであんなふうになっちゃったんだよ。きっと親の愛情が不十分だったから……」

　俺も似たような環境で育ったんですけど……。

　亀山の話を聞き流しながら、子供時代に思いをはせる。父親は物心つく前に病死し、母親は諏訪野が小学生の時に銀行員の男と再婚した。義父となった男は悪い人ではなかった。最低限は自分のことを可愛がってくれたし、純正医大の安くない授業料も払ってくれた。しかし、家では常に息苦しさを感じていた。義父に嫌われれば、自分は母親からも見捨てられてしまうかもしれない。そんな恐怖感が常に心の隅に巣くっていた。

　そこまで考えて、どうして亀山に強い反感を抱いているのかに気づく。カルテを読むうちに、山野瑠香の境遇を自分に重ね合わせてしまったのだ。

「まあ、あんまり入れ込まないで、落ち着いたらさっさと退院させることだね。瑠香ちゃんに関しては、俺たちに出来ることなんてほとんどないから」

亀山は言いたいことだけ言うと、自分のデスクに戻っていった。

入れ込むな……か。遠ざかっていく亀山の後ろ姿を見ながら、聞こえないように小さくつぶやく。

「もう、遅いですよ……」

再びディスプレイに視線を向けると白衣のポケットから、安っぽい電子音で奏でられた『チューリップ』の歌が流れ出す。諏訪野はポケットから院内携帯を取り出す。ディスプレイを見ると、精神科病棟のナースステーションからの連絡だった。

昨日書いた定期処方の処方箋《しょほうせん》に漏れでもあったかな？

「どうもー、点滴ライン確保から処方書きまで雑用なら何でもおまかせ、諏訪野でございます。お呼びでしょうか？」

諏訪野は着信ボタンを押すと、少々下がり気味の気分を無理やりにでも盛り上げようと、テンションを上げて言う。

『あ、諏訪野センセー。お呼び、お呼び。諏訪野センセー、山野瑠香ちゃんの担当だったよね？』

負けず劣らずハイテンションな病棟看護師の声が響く。

「はい、そうですけど」

『あのね、いま山野さんの旦那さん、あ、元旦那さんか。その人が病棟に来て、先生の話が聞きたいって言っているの。本当なら立石先生が担当なんだけど、外来中でしょ。だから説明お願いね。それじゃあセンセーよろしく』

「はじめまして。瑠香の元夫で、岡部彰と申します」

ナースステーションの前で、岡部と名乗った男は慇懃《いんぎん》に頭を下げてきた。線の細いどこか頼りなさそうな男だった。年齢は二十代半ばといったところだろう。少ししわの寄ったスーツを着込んでいるその姿は、仕事に疲れたサラリーマンといった感じだった。

「瑠香さんの主治医は立石という者がつとめておりますが、いまは外来中なので、下についている研修医の私がまいりました。諏訪野良太と申します。もし主治医からの説明をご希望でしたら、あと三十分ぐらいで……」

「いえ、そこまでしてもらわなくて結構です。ただ、瑠香がまた病院に運ばれたって聞いて、心配になりまして。ちょっと状態を伺いたかったんです。あの、瑠香には意識はあるんでしょうか？」

「瑠香さんに面会はされていないんですか？」

「……ええ、離婚してからは会わないようにしています。僕と会うと彼女は動揺して、たぶん精神状態がもっと不安定になりますから」

岡部は首を左右に振る。過剰に拘束してしまい、夫に逃げられた瑠香。たしかに岡部に会えば彼女は動揺するだろう。しかし、それが悪い影響を及ぼすとは限らないのではないか。

「それに……、正直申しまして、僕は瑠香に会いたくはありません」

岡部が目を伏せるのを見て、諏訪野は喉元《のどもと》までせり上がっていた「できれば一目会って……」という言葉を呑《の》み込む。

「瑠香のことは心配ですが、僕には瑠香を支えることはできません。瑠香の行動が僕には理解できない。彼女は僕には……重すぎます」

消え入りそうな声でつぶやいた岡部は、小さく息を吐くと「それで、瑠香の容態はどうでしょう？」と身を乗り出してきた。

諏訪野は一瞬言葉に詰まる。離婚した時点で目の前の男は瑠香とは他人になっている。患者の個人情報をどこまで話してよいのか分からなかった。

「とりあえず、心配はないと思います」

内心で「体の方は……」と付け加えながら言葉をにごす。しかし、岡部にとってはそれで十分なようだった。不安げだった顔に安堵《あんど》の表情が広がっていく。

「そうですか、安心しました」

「あの、瑠香さんは最近、決まって月が変わる頃に、睡眠薬を大量に飲んで入院しているんです。なんでそんなことをするのか、心当たりはありませんか？」

「いえ……、ちょっと分からないです」

岡部は申しわけなさそうに首をすくめる。元夫ならなにか知っているのではないかという期待を裏切られ、諏訪野は肩を落とした。

「先生、どうか瑠香をお願いいたします」

頭を下げた岡部は、止める間もなく去って行ってしまう。

岡部を見送った諏訪野は、病棟の奥へと視線を向けた。瑠香が入院している病室まで二十メートルほど。元夫が自分のことを心配して訪ねて来てくれたことを知ったら、彼女はどんな反応を示すだろうか？　もしかしたら、あの骸《むくろ》のように生気のない体に、少しは活気が戻るのではないか？

病室に行ってみようか。諏訪野は病棟の奥へ足を踏み出そうとする。しかしその瞬間、数時間前に瑠香から浴びせかけられた、凍りつくような視線と、臓腑《ぞうふ》に響く怒声の記憶が蘇《よみがえ》った。足が動かなくなる。

数秒間、諏訪野は拳《こぶし》を握りしめながらその場に立ちつくしたあと、身をひるがえす。容赦ない自己嫌悪が背中にのしかかっていた。

4

「あ、諏訪野先生、お疲れ様」

　精神科医局へと戻ると、指導医の立石が自分のデスクから声をかけてきた。掛時計を見る。いつの間にか午後一時過ぎになっていた。午前の外来が終わり、医局に戻ってきたのだろう。

「どうも、お疲れ様です」

「あれ？　珍しく元気ないね。当直明けの勤務はつらかった？　それとも……」

　立石はすっと目を細める。

「瑠香ちゃんにやられたかな？」

　図星をさされ、諏訪野は軽く目を伏せる。問診をとるように指示されたのに、ほとんど話ができなかった。これでは研修医失格だ。

「諏訪野先生さ、お昼ご飯は食べた？」

「え？　あ、まだですけど」

　立石が席を立つ。

「私も外来が終わったばっかりだから、まだ食べてないんだよね。お腹ぺこぺこ。とりあえず、『地下そば』でも行かない？　大丈夫よ、ちゃんとおごってあげるから」

「はあ……」

正直、食欲などかけらも湧いてこなかったが、指導医に誘われては断るわけにもいかない。諏訪野は返事ともため息ともつかない声を漏らした。

「それだけで足りるの？　男の子なのに」

がつがつと大盛りのカツ丼をかき込んでいた立石に声をかけられ、諏訪野はざるそばをたぐる箸《はし》の動きを止める。二人は純正医大附属病院新館の地下にあるそば屋、通称『地下そば』で昼食をとっていた。もう午後一時過ぎだというのに、三十席ほどある店内は白衣を纏《まと》った客でほぼ満席だった。

『男の子』っていう年でもないんだけどなぁ。諏訪野は弱々しく苦笑する。

「今日はあんまり食欲なくて……、当直明けですから。先生はよくそんなに食べられますね」

「精神科の外来は疲れるからね。しっかりエネルギーとらないとやっていけないの。それよりさっきも訊《き》いたけど、元気ないのは睡眠不足のせいだけじゃないんでしょ？」

立石は口の中にカツを放り込みながら、眼鏡の奥から真っ直ぐに目を覗《のぞ》き込んできた。心の底まで見透かそうとするかのような視線に、軽くのけぞってしまう。

「瑠香ちゃんとうまく話せなかったんでしょ？」

咀嚼《そしゃく》していたカツを飲み込むと、立石は柔らかく微笑む。

「そんなに落ち込むことないって。瑠香ちゃんは私たちにだってほとんど話をしてくれないんだからさ。まあ、気長にやっていけば、少しはコミュニケーションとれるって。たぶんね」

「けれど俺、すぐに病室から逃げ出しちゃったんです」

「どうして逃げ出したの？」

立石は直球の質問をぶつけてくる。

「それは……。あの患者さんが一人にして欲しいって……」

「そう言われたの？」

「いえ。そんな雰囲気が……」

立石の口調に責めるような響きはなかったが、視線が自然と下がってしまう。立石は丼《どんぶり》の残りをがつがつとかき込むと、お茶で流し込んだ。

「君さ、けっこう評判いいよ」

「はい？」

「だからさ、君ね、周りの先生とかナースとかにかなり評判いいのよ。フットワークがいいし、気が利くし、社交的だってね」

「はあ……ありがとうございます」

戸惑いつつ礼を言うと、立石は唇の片端を上げて皮肉っぽい笑みを浮かべた。

「けれどね、私はちょっと違う見方をしてる」

もったいをつけるように一拍おいてから、立石は言葉を続ける。

「君は空気を読み過ぎているんだと思う」

「空気を？」

「この一ヶ月、君の指導医してみて分かったの。君は相手の顔色を窺《うかが》うのが抜群にうまいのよ。意識してかそれとも無意識かは知らないけれどね。相手の感情に敏感だから、場の空気を読んで、相手に不快な思いをさせないような、相手が喜ぶような行動をとることができる。けれどそれって、ちょっと間違うと、たんに『調子のいい主体性のない奴』になっちゃうわよね」

立石は上目づかいに反応を窺ってくる。

「たぶん、瑠香ちゃんの病室にいられなかったのも、そのせいだよ。君は瑠香ちゃんの表情や態度から、彼女が出て行って欲しがっているってことを、自分が邪魔だと思われていることを普通の人より強く感じ取った。そして君にとって、他人が嫌がっていることをすることは大きなストレスになる。だから君は病室から逃げた」

立石は湯《ゆ》呑《のみ》を手にとり、お茶をうまそうにすすった。

「……これって、カウンセリングかなにかなんですか？」

「うん？　いやいや、そんな大仰なもんじゃないよ。ただの雑談。もし私のカウンセリングを受けたいなら、ちゃんと料金払ってもらわないと」

「その時は割引お願いしますね」

弱々しい笑みを浮かべながら、諏訪野はいま言われたことを咀嚼していく。たしかにそのとおりかもしれない。昔から『良《い》い子』と言われ続けてきた。友人とケンカした記憶もほとんど無い。人の反応を窺いながら、他人と衝突しないように生きてきた。なんでこんな性格になったのか。すぐに答えは出た。

育った環境のせいだ。義父の家という、他人のテリトリーで生活していくうちに、その環境で排除されないよう、ある意味卑屈な生き方を身につけてきたのだ。

「そんなに暗くならないでよ。べつに説教しているわけじゃないんだからさ。どっちかっていうとその反対かな。諏訪野先生の能力は、精神科医としては羨《うらや》ましいぐらい」

「羨ましい？」

「精神科医って患者さんの話を聞きながら、感情の変化を読み取らないといけないでしょ。だから君みたいに、人の感情を敏感に読み取れる能力を持っていれば、診療に役立つのよ」

「もしかして、勧誘してます？」

二〇〇四年の臨床研修必修化以来、大学から市中病院へと研修医が流れ、大学の医局はどこも人材不足に悩まされている。そのため、二年の臨床研修が終わったあとに入局させようと、どこの診療科も研修医の勧誘に力を入れていた。

「ううん。君は精神科には来るべきじゃないよ」

立石は顔の前でひらひらと手を振る。予想外の反応に諏訪野は目をしばたたいた。

「君がうちに入局すれば、たしかに優秀な精神科医になると思うよ。患者さんの気持ちを細かく理解して、それにうまく対処していくと思う。けれどね、君には精神科医になるのに致命的な欠点があるの」

「欠点……ですか」

「あくまで『精神科医にとっての欠点』であって、人間的な欠点ではないから。人間的にはどちらかというと、美点かな。君は患者に、というか他人にシンパシーを寄せすぎる傾向があるのよ。他人の立場に立って考えられるっていうのは、社会生活を送っていくうえで大切な能力だけど、君はその能力が高すぎる。精神科医は少し離れた距離から、客観的に患者を診ないといけないの。そうしないと、患者の悩みが自分に襲いかかってくるから。毎日何十人っていう患者を診るのに、その苦悩を全部受け止めていたら壊れちゃうでしょ。だから、私たちは患者に入れ込みすぎない」

　立石は人差し指を立てると、諏訪野を指さす。

「もし精神科医になったら、たぶん五年以内に、君は治療を受ける側に回ることになる。だから君は精神科医に向いていない」

　まるで「証明終わり」とでも言うかのように両肩をすくめる立石の前で、諏訪野は唇を噛《か》んだ。なにも反論できなかった。自覚していなかった、いや目をそらし続けて来た自らの本質を次々とあばかれ、この場から逃げ出したいほどの敗北感に襲われる。説教より罵《ば》倒《とう》より鋭く、立石の分析は諏訪野の胸を抉《えぐ》っていた。

「ああ、だから落ち込まないでって。私がいじめているみたいじゃない。さっきも言ったようにべつに説教しているわけじゃないし、君が人間的に劣っているってわけでもないの。ただ、向いてないだけだってば」

　立石は身を乗り出して、諏訪野の肩を叩《たた》く。諏訪野はゆるゆると顔を上げた。

「それじゃあ、なんで俺にあの患者さんを担当させたんですか？　俺みたいに精神科に向かない奴なんかに」

　思わず口から恨み節がこぼれる。

「なに言ってるの。君だからこそ担当させたんでしょ」

「俺だから？」

「そう。まあ恥ずかしいんだけど、正直言って私たち、瑠香ちゃんには困っているのよ。月が変わる前後に多量服薬で運び込まれてくるんだけど、なんでそんなことをするのか話してくれない。多量服薬をくり返す患者はいても、あそこまで定期的にっていうのは珍しいの。それに、ああいう子はこっちが訊《き》かなくても色々話してくれることが多いんだけどね」

立石は大きくため息を吐く。

「たぶん彼女は助けて欲しがっていると思うの。口では言えないけど、本当は私たちになにかを伝えたいのよ。それに気づければ一番いいんだろうけど、私たちはもう彼女がなにを考えているか探ろうとしていない。はっきり言えば、見捨ててる」

「そんな、先生たちが見捨てている患者を、研修医の俺にどうしろって言うんですか？」

「だから『君だからこそ』どうにかできるかもしれないんだってば。他人の気持ちに敏感で、他人の立場になって考えられる君なら、私たちとは違った見方ができるかもしれない。私はそれに期待しているんだよ」

「そんなこと言われても……」

「まあ、そんなに気張らずに、ダメ元でやってみて。なにかあったら私が責任とるからさ」

立石はテーブルの上に置かれた伝票を手に取りながらウインクをしてきた。

「気張らずにって言われてもなぁ」

昼食後、立石は「当直明けだから、今日は帰って休んでいていいよ」と言い残し回診へと向かった。しかし寮へ帰る気にはなれず、諏訪野は再び医局で電子カルテにかじりついていた。

瑠香の最近の入院カルテに目を通していく。九月四日からの二日間、七月三十一日からの六日間、七月三日からの三日間、瑠香は精神科に入院すると、ほとんどなにも治療を受けることなく退院していた。

乱暴に髪を掻《か》き乱す。カルテを読み返すたびになにかが引っかかる。しかし睡眠不足で頭が回らず、なにが気になっているのかはっきりしない。瞼《まぶた》が重い。そろそろ限界だった。

なんで、睡眠薬を大量に飲んで朝までぐっすり寝た患者のために、ほとんど眠っていない自分がこれほど苦しまなくてはならないのだろう。少しいらついてきた。

眠っていない？　ふと、頭の中で何かが光った気がした。諏訪野は必死にその弱々しい光のかけらを見失わないように、脳に鞭《むち》を入れる。

もしかしたら……。諏訪野はデスクの脇にある内線電話に手を伸ばすと、法医学教室の内線番号を押しはじめる。学生時代の同級生に、臨床研修を受けずにいきなり法医学教室に入った変わり者がいる。あの男に頼めば、自分の想像が正しいかどうか調べてもらえるかもしれない。

「あ、沢井《さわい》？　諏訪野だけど。ちょっと頼みたいことがあるんだ。至急でやってくれないかな？」

5

「……失礼します」

病室へと入った諏訪野は、小さく声を出す。ベッドに横たわっている瑠香は返事をしなかった。わずかに開いているカーテンの隙間からちらりと外を見る。時刻はまだ午後六時過ぎだというのに、晩秋のせっかちな太陽はすでに沈み、窓の外はしっとりと闇がおりていた。

「すみません、遅い時間に。ちょっとだけお話いいですか？」

諏訪野はほとんど手をつけられていない病院食が置かれたテーブルをよけると、ベッド脇に立った。瑠香が向けてくる露骨に迷惑げな目に、体に緊張が走る。しかし、諏訪野は奥歯を食いしばると、その視線を正面から受け止めた。数秒後、先に目をそらしたのは瑠香だった。

「……話があるなら早くして」

まるで人工音声が話しているような抑揚のない声で瑠香は言う。乾燥した唇を舐《な》めて湿らせると、諏訪野はゆっくりと口を開いた。

「山野さんのカルテを読ませてもらいました。そこで、ちょっと気になることがありました」

一言一言吟味しながら、諏訪野は話しはじめる。

「これまでの記録をみると、山野さんが搬送されてくるのは決まって月末か、月初めです。一度も月の半ばに多量服薬したことはありませんでした」

「……その頃に生理が来るから。生理が近くなると、気分が落ち込むの」

「あ、なるほど。たしかに女の人って生理前にイライラしたりしますよね。前の彼女が特にひどくて、よく八つ当たりされていました。一度なんて……」

瑠香の眼差《まなざ》しが刃物のように鋭くなる。諏訪野は慌てて咳払《せきばら》いをした。

「すみません。えっとですね、まあ生理が原因なら搬送されてくるのが定期的なことの説明がつかないでもないかもしれません。けれど、これまでの入院でもっと重要な規則性を見つけたんです」

諏訪野は一呼吸おいてから言う。

「全ての入院で退院日が一緒だったんですよ。毎月五日、あなたは入院するたびに、五日に退院できるように調節してました。その前に退院させたらまた多量服薬すると主治医を脅して」

瑠香の顔にかすかな動揺が走る。

「なんで五日なのか考えました。一つだけ思い当たることがありました。この地域の生活保護費の支給日、それが毎月五日です。山野さん、あなたは毎回、手元にお金が入ってくるまで入院しているんじゃないですか？」

一息に言うと、諏訪野は瑠香の反応を窺《うかが》う。瑠香は嘲笑《ちょうしょう》するように唇をゆがめた。

「そうよ。生活費を使い尽くしたら、睡眠薬をたくさん飲んで入院するようにしているの。そうすれば柔らかいベッドで眠れるうえ、三食つき。最高じゃない。まあ、あなたみたいなのと話さなくちゃいけないのが面倒だけどね。それさえ我慢すれば、次にお金が支給される日まで食いつなぐことができるのよ」

早口でまくし立てる瑠香を前にしても、数時間前のように動揺することはなかった。諏訪野はゆっくりと、部屋の隅に置かれたほとんど手をつけられていない病院食を指さす。

「それなら、どうして食事をとらないんですか？　昼食もほとんど手をつけなかったらしいですね。食べるのに困って入院したなら、食事をとらないなんておかしいです」

諏訪野が目を覗《のぞ》き込むと、瑠香は唇を固く結んだ。その態度からは、これ以上なにも話すつもりがないという意思がひしひしと伝わってきた。

諏訪野は細く、長く、息を吐く。

「山野さん。さっき、岡部彰さんがあなたの様子を訊きに来ましたよ」

ゆっくりと言いながら、諏訪野は瑠香の顔に意識を集中させた。立石に「過剰なほど人の顔色を読む」と評されたその能力を最大限に発揮するために。自分の想像が正しいか確認するために。

瑠香の顔に一瞬、これまでになく強い感情の波が走った。その感情は、『喜び』でも『驚き』でもなく、明らかな『恐怖』だった。

やっぱり……。諏訪野は拳《こぶし》を握り込む。

「山野さん。あなたは旦那《だんな》さん、いや元旦那さんから暴力を受けているんじゃないですか？」

瑠香の表情がぐにゃりと歪《ゆが》んだ。

瑠香は震える唇を開くが、そこから言葉が紡がれることはなかった。諏訪野は追い打ちをかけるように話を続ける。

「最初に覚えた違和感は、深夜に睡眠薬を大量に飲んだはずのあなたが、朝には普通に目を覚ましていたことでした。他の先生たちは、睡眠薬が早く抜ける体質なんだろうと気にしていなかったみたいだけど、どうしても気になったんで、知り合いの法医学者にあなたの血液を調べてもらいました。すると、睡眠薬は全く検出されませんでした」

瑠香は表情をこわばらせたまま、やはりなにもしゃべらなかった。

「あなたは眠剤を飲んでもいないのに、多量服薬したと救急要請して入院したことになる。最初は生活に困ったからとも考えましたけど、さっき説明したように、それじゃあ筋が通らない。では、いったいなんでそんなことをするのか。次の違和感は、あなたの左腕にある火傷《やけど》の痕《あと》でした」

瑠香は左腕を隠すように体を小さくする。

「あなたの左腕には火傷で『あ　き　ら』って書いてある。けれど、それ自体少しおかしいんですよ。あなたのリストカットの痕は全部右手首にあって、腕時計も右手首にしていた。山野さん、あなたは左利きですよね」

「……左利きだからなんだって言うの？　利き手じゃない方の手で根性焼きをするこ

とが絶対にないって言い切れるわけ？」

瑠香が突っかかってくる。強い敵意に一瞬ひるみかけるが、諏訪野は腹に力を込め話し続けた。

「いえ、言い切れはしません。けれど、あなたはタバコを吸わないはずです。カルテに、以前部屋でタバコを吸った旦那さんに文句を言ってケンカになったとあります。だから、少なくとも最近腕に負った根性焼きの痕は、誰か他人にタバコを押しつけられた可能性が高い」

「それが、なんで彰さん……あの人だって言い切れるのよ。ほかの男にやられたかもしれないでしょ。たとえば……借金取りとか、新しい恋人とか」

「借金取りは、言葉で脅しても暴力を振るったりはしないでしょう。そんなことしたら警察沙汰《ざた》になって、しかも証拠が残るじゃないですか。たしかに、新しい恋人っていう可能性もなくはない。けれどそれ以上に、元旦那さんがあなたにＤＶをしていると疑う理由があるんです。岡部彰さんがここに来たことですよ」

瑠香の鼻の付け根にしわが寄る。

「もう家族じゃないんで、病院からは連絡していません。それなのに、入院してすぐに岡部さんは病院にやって来た。なぜか？　理由は簡単です。今日も金の催促にあなたを訪ねて、不在の部屋に睡眠薬の空きシートが散乱しているのを見た。それで、あなたがまたこの病院に搬送されたと気づいたんです。容態を訊《き》いたのは、金づるであるあなたが無事か知りたかったから。そして、あなたに会わずに帰ったのは、面会した瞬間、DVの加害者だと告発されることが怖かったから」

諏訪野は瑠香を見つめる。

「念のため、あなたが岡部さんと結婚していた頃のカルテを見て、彼の勤務先も調べさせてもらいました。三年以上前に倒産していますね。もしかしたら、それから岡部さんはずっと定職についていないんじゃないですか？　そしてあなたに金をせびり、金がないと暴力を振るうようになっていった。そんな元夫から避難するため、あなたは多量服薬したと嘘の通報をしては、金が入る五日までの間、入院するようになった」

一気にしゃべり切ると、諏訪野は大きく息を吐く。これで言うべきことは全て言った。あとは瑠香の反応を待つだけだった。

「……なんなのよ」

気を抜けば聞き逃してしまいそうなほどの小さな声。次の瞬間、瑠香はバネ仕掛けの人形のように勢いよく上半身を起こすと、諏訪野に向かって両手を伸ばしてきた。

「いったいなんなのよ、あなたは！　そうよ、全部あなたの言うとおりよ！　あの人は失業してから暴力を振るうようになった。目立つから顔を殴ったりはしないけど、お腹を殴ったり、首を絞めてきたり。火傷だって、あの人にやられたけど、それを誰かに言ったらもっとひどいことをされると思って自分でしたことにした。それがあなたに何の関係があるわけ？　人が必死に隠そうとしていることあばいて、そんなに満足なの？」

　両手で白衣の襟を摑《つか》んだ瑠香は、つばを飛ばしながら叫ぶ。憤怒《ふんぬ》で爛々《らんらん》とひかる双《そう》眸《ぼう》に睨《にら》みつけられ、思わず身を引いてしまう。全身から冷たい汗が噴き出し、足が細かく震え出す。この手を振り払って、部屋から飛び出したい。しかし、それはできなかった。瑠香をこれほどまでに激昂《げきこう》させたのは自分なのだから。

　諏訪野は瑠香の両手を柔らかく摑んだ。それだけで瑠香は顔を恐怖にゆがめ、身を硬くする。その反応は、彼女が激しい虐待を受けていたことを如実に語っていた。

「隠していたけど、本当は気づいてほしかったんじゃないですか？」

「なにを……言って……？」

　白衣を摑んでいた瑠香の手が力なく開く。

「もし、五日まで身を隠すだけなら、入院する必要はないでしょう。一時的にかくまってくれる知り合いぐらいいるだろうし。少しでもお金があればネットカフェに泊まったっていい。けれど、あなたは逃げ場所として病院を選んでいる。それは、本当は助けて欲しかったからじゃないんですか？　自分の苦しみに気づいて欲しかったんじゃないですか」

瑠香の顔に、笑っているとも、泣いているともつかない表情が浮かんだ。半開きの唇の隙間から、震える声がこぼれる。

「お金……、お金さえ渡せば、あの人が、優しいあの人が戻ってくれるの。私にちょっとしたプレゼントとかも買ってきてくれたり……。月末になってお金が足りなくなると、荒れるだけで……。だから、悪いのは私で……」

「山野さん、あなただって本当は分かっているはずです。このままじゃいけないって。ちゃんと元旦那さんのDVを警察に相談して、保護してもらうべきなんです。それがあなたのためですし、たぶん、旦那さんのためにもなります。力になりますから」

部屋が再び沈黙に満たされる。諏訪野は判決を待つ被告人のような心持ちで、瑠香の答えを待った。

数分間、どちらも無言のまま、粘着質な時間が流れていく。瑠香はゆっくりとベッドから下りると、唐突に入院着を脱ぎはじめた。諏訪野は息を呑《の》む。

「な、なにを……？」

瑠香は意に介した様子もなく下着姿になった。諏訪野は慌てて瑠香に背中を向ける。布のこすれる音だけが聞こえてきた。

「……もういいわよ」

おそるおそる振り返ると、そこには昨夜搬送されてきたときの服に着替えた瑠香が立っていた。

「あ、あの……」

「退院する」

瑠香は気怠《けだる》そうに髪をかき上げる。

「え？　退院って。だめですよ、そんな……」

「私、本当は薬飲んでないんだから、入院している必要なんてないでしょ」

「けれど、主治医の許可が……」

「刑務所じゃないんだから、いつでも退院できるはず。悪かったわね、騒がせて」

瑠香は早足で出口へと向かう。その後ろ姿が扉の向こうに消えていくのを、諏訪野は立ちつくして見送ることしかできなかった。

扉の閉まる音がやけに大きく鼓膜を揺らした。

6

けたたましい電子音が脳を揺する。うめき声を上げた諏訪野は、ナイトテーブルでヒステリックに音を鳴らす内線電話を睨む。卓上時計は午前零時過ぎをさしていた。

数時間前、目の前で山野瑠香に退院された諏訪野は、ふらふらとしたゾンビのような足取りで研修医寮にある自分の部屋に戻ると、ベッドに顔面から倒れ込んだ。

自分で勝手に病院を出て行った瑠香は、『自己退院』としてあっさりと処理された。誰も諏訪野を責める者はいなかった。そのことが、さらに自己嫌悪を強くした。

誰だよ、こんな時間に。舌打ちすると、ずるずるとナメクジのように這《は》ってベッドの上を移動し、受話器を取る。

「はい……諏訪野ですけど」

『おお、なんかすごい声だな。寝ていたのか？』

受話器から若い男の声が聞こえてくる。聞き慣れた声だった。

「裕也《ゆうや》？　なんの用？　当直明けだったんだよ」

同期の研修医で、学生時代は共に柔道部で汗を流した仲間でもある冴木《さえき》裕也に話しかける。

『ああ、そりゃ悪かったな。なんだよ、珍しく機嫌が悪いな。何かあったのか？』

「せっかく気持ちよく寝ていたのに、叩《たた》き起こされたからね。そりゃ、少しは機嫌悪くなるよ。それよりなんの用なの？　できれば明日《あした》にして欲しいんだけど」

『いや、いま救急当直しているんだけどさ。さっき、お前が担当していた患者が搬送されてきたんで、連絡入れとこうかと思ってな』

頭の中にわだかまっていた眠気が、一瞬にして霧散する。

「その患者の名前って⁉」

『えっとな、たしか山野瑠香とか……』

諏訪野は受話器を放り出し、ベッドから飛び下りた。椅子の背にかけておいた白衣を羽織り、部屋から飛び出す。

研修医寮は病院敷地の隅にたっている。新館にある救急室までは、走れば三分もかからない。諏訪野は寮の階段を駆け下りると、全力で地面を蹴《け》る。寝起きの体は気持ちになかなかついていかず、何度も足がもつれそうになるが、かまわず進んでいった。

救急室の前に到着した諏訪野は、引き戸を勢いよく開いた。

「山野さんは⁉」

部屋にいた全員の視線が集まる。唖然《あぜん》とするスタッフの中から、救急部のユニフォームを着た冴木裕也が近づいて来た。

「どうしたんだよ諏訪野。そんなに慌てて」

「山野さん……、俺の患者が、運ばれて来たって……。どうして……？　あの人……は、どこに？」

息を乱しながら、必死に言葉を紡ぐ諏訪野を訝《いぶか》しげに見ながら、裕也は「あっちだよ」と奥にある救急処置室を指さす。視線を送った諏訪野の喉《のど》からうめき声が漏れた。

処置室に置かれたベッド。それをとり囲むように三人の警官が立っていた。

諏訪野はおぼつかない足取りで処置室へと進んでいく。裕也が「おい、いまはまずいって」と声をかけてくるが、足の動きは止まらなかった。

警官の一人が近づいて来る諏訪野に気づき、振り返った。その瞬間、警官の陰になって見えなかったベッドが視界に入ってくる。喉から悲鳴のような音がせり上がってきた。

上半身を起こし、警官たちと話をしていたのは瑠香だった。しかし、諏訪野は一目では、それが数時間前に病室で話した女性と同一人物かどうか確信が持てなかった。それほどまでに、彼女の外見は変わり果てていた。

髪はパーマを失敗したかのように乱れており、左の瞼《まぶた》が大きく腫《は》れ上がって目を覆っている。出血したのか鼻には綿が詰めてあり、唇には裂傷も見られた。

「すみません、聴取中なのであとにしていただけますか？」

警官は慇懃《いんぎん》に、しかし拒否することを許さない、力のこもった声で言う。

「あ、あの……いったいなにが……？」

痛々しい瑠香の顔に視線を縫いつけられたまま、諏訪野は声を震わせる。

「それをいま、聴取しているんです。ですから、少しあちらに行っていて……」

「ああ、先生じゃない」

警官のセリフは、その背後から上がった声にかき消される。ベッドの上で瑠香が右手を軽く挙げていた。

「この先生は私の担当医なんです。だからちょっとだけ話させて。終わったらすぐに事情聴取うけるから」

　警官たちはいっせいに渋い顔をつくると、諏訪野に目配せをする。警官たちの冷たい視線を浴びながら、諏訪野は長身をすくめてベッドへと近づいた。

「山野さん。いったいなにがあったんですか？　なんで警察の人たちが？」

「なに言ってるの、あなたのせいでしょ」

　瑠香の腫れていない方の目が鋭くなる。

「あなたのせいで、……ようやくあの男と縁を切る決心がついた」

「え？」

　呆《ほう》けた声を上げると、瑠香の怪我の少ない顔の右側に柔らかい笑みが浮かんだ。

「病院から帰ったあと、すぐにあの人……あの男に電話して、別れたいって言ったの。そうしたらぶち切れちゃって、すぐに家に乗り込んできて、私を殴りはじめた。けれど、あいつが来る前に通報していたから、ちょうど殴られているときに警察が来てくれたんだ」

「そ、それじゃあ、元旦那《だんな》さんは……？」

「その場で逮捕されたよ。これから被害届を出すつもり。今回の件だけじゃなくて、これまでのこと全部について。そうしたら、きっとあの人とは……完全に縁を切れるから」

一瞬、哀しげにうつむいた瑠香は、すぐに頭《かぶり》を振り再び笑顔を作る。

「というわけで、勝手に退院してなんだけど、またお世話になるわね。顔の傷が治らないと外を歩けないから。よろしく」

瑠香はおどけるような口調で言う。ようやく諏訪野の顔にも笑みが広がっていった。

「こちらこそ、よろしくお願いします！」

7

「ああ、そう言えば昨日、外来に瑠香ちゃんきていたよ」

なみなみと注がれたビールのジョッキを持ち上げた立石は、思い出したようにつぶやいた。十一月三十日、今日は諏訪野の精神科研修最終日だった。業務が終わったあと諏訪野は立石に誘われ、病院の近くにある居酒屋で慰労会を開いてもらっていた。

氷のように冷えた黄金《こがね》色の液体を喉の奥に流し込んでいた諏訪野は、慌ててジョッキの中身を飲み干すと、身を乗り出す。

「どうでした？　元気にしていましたか？」

顔の怪我で入院した瑠香は、二週間ほど怪我の治療をしたのち退院していき、今後は精神科の外来で心の治療を続けていくことになっていた。

「とりあえず飲み干すんだ。えっとね、かなり元気だったよ。顔の傷もほとんど分からないぐらいまで良くなっていたし。ただ、時々急に不安になって、過呼吸とか起こすことがあるみたいね」

立石はちびちびと舐《な》めるようにビールを飲む。

「彼女、これから大丈夫でしょうか？　あ、すみません。ビール大ジョッキおかわりで」

神妙な表情を浮かべていた諏訪野は、店員が脇を通ったとたん、陽気に注文する。立石の眉根《まゆね》にしわが寄った。

「えっと……、まあ、いいけどさ。これからもけっこう大変だと思うよ。数年間依存しきっていた対象を切り捨てたんだから。ただ、そこを支えてやるのが精神科医の腕の見せ所だからね。あとはまかせておいて」

立石が軽く胸をはると同時に、店員がビールで満たされたジョッキをテーブルに置く。諏訪野はそれを手に取りうまそうに飲みはじめた。立石は薄く口紅をさした唇をへの字に曲げる。

「あのね、たしかに二ヶ月間よくやってくれたからいくら飲んでもいいけど、つぶれたりしないでよ。寮まで君を引きずっていくなんて嫌だからね」

「ああ、心配しないで下さい。三時間後に親友の冴木って奴に、ここに迎えにきてくれるように頼んでありますから。あいつが俺を寮まで運んでくれます。だから気にしないでぱーっと飲みましょうよ」

「つぶれるの前提なんだ……。それにぱーっとって、ここ、私がおごるんだけど」

苦笑を浮かべた立石が、「あ、そうだ」と手を合わせた。

「とりあえず、訊《き》いとかないといけなかったんだよね。諏訪野先生さ、研修終わったあと、精神科に入局する気ないかな？」

「え、でも俺は精神科に向かないって……」

「私はそう思うんだけどね、うちの教授が君を入局させろってうるさいのよ。あの瑠香ちゃんの心を開かせるような人材を見逃すわけにはいかないってね。で、どうかな？」

「どうかなって、先生が言ったんでしょ。精神科医になったら俺はつぶれるって。指導医の意見は尊重しないと。ということで、せっかくのお誘いありがたいんですけど、辞退させていただきます。まだどこの科に進むか決めていませんけど、たぶん精神科医にはならないと思います」

「だよね。君はもっと君に向いた科で頑張っていくべき。まあ、そこでも患者に同調しすぎて病んじゃう可能性はあるけれどね。そのときは私の外来を受診しなよ。カウンセリングしてあげるから」

立石は唇の両端を上げるとジョッキを掲げてくる。諏訪野はそのジョッキに自分のジョッキを勢いよくぶつけた。

「その時は割引でお願いします」

悪性の境界線

1

「というわけで、手術は四日後になります。それまでに術前検査を行っていく予定です」

隣の席で白衣を着た厳《いか》つい顔の男、冴木《さえき》真也《しんや》が語る説明に、諏訪野良太は姿勢良く椅子に腰掛けながら耳を傾ける。机を挟んで諏訪野と冴木の対面には、頭の禿《は》げ上がった老齢の男性と、痩《や》せた中年女性が腰掛けていた。手術のために今日入院してきた近藤玄三《こんどうげんぞう》と、その娘の幸子《さちこ》だった。

諏訪野は目だけ動かして、机とパイプ椅子、そして電子カルテだけが置かれた殺風景な部屋の中を見回す。病棟のすみにある病状説明室。その名が示すとおり、患者やその家族に病状を説明するための部屋だ。十数分前から、諏訪野は指導医である冴木とともに患者への病状説明を行っていた。

「あの、その手術っていうのは胃カメラでやるものなんですか」

幸子が不安げな表情を浮かべながら訊《たず》ねる。

「はい、そうです。胃カメラ、内視鏡の先に特殊な器具をつけて、病変部の粘膜を薄く焼き切って除去します」

冴木がゆっくりとした口調で説明していく。

「病変部って、……癌がある場所のことですよね」

『癌』という単語を口にする寸前、幸子は隣に座る父親を見て顔をゆがめた。

二ヶ月前、近藤玄三は胃痛が続くということで自宅近くの医院を受診した。そこでは胃酸抑制薬を処方されたが内服しても症状が改善しなかったため、この純正医大附属病院に紹介され、胃の内視鏡検査を受けた。検査の所見では胃の一部に炎症が見つかり、その部分の組織を採取して病理検査を行ったところ癌細胞が認められ、早期胃癌の診断がくだされた。そして今日、その治療を行うために入院となったのだ。

「そうです。検査で癌細胞が検出された部分です」

冴木はマウスを操作し、電子カルテのディスプレイに胃内視鏡の検査画像を表示していく。ピンク色の粘膜の中に、わずかに赤みが強い部分があった。

「外来でも説明を受けたとは思いますが、この赤い部分で癌細胞が認められました。内視鏡でこの部分を除去します」

冴木は画面を指で触れながら説明していく。

「外来の先生は内視鏡の手術のあと、お腹を開ける手術が必要になるかもしれないって……」

硬い表情で質問を重ねる幸子に向かい、冴木は重々しくうなずいた。

「はい、その可能性もあります。癌がどこまで深く進んでいるかによって治療法は変わってきます。一番表面にある、粘膜層と呼ばれる部分に癌細胞がとどまっていれば、内視鏡で行う内視鏡的粘膜切除術だけで完治します。けれど、その粘膜層の下にある粘膜筋板や、さらにその下にある粘膜下層と呼ばれる組織まで達していた場合は、開腹による胃の部分切除術が必要になります」

冴木の説明を聞いているうちに、幸子の表情は硬度を増していく。

「そんなに心配しなくても大丈夫だって。俺たちみたいな素人は、先生がたにお任せしておくのが一番いいんだよ」

それまで黙っていた玄三が、軽い口調で言う。

「でもお父さん……」

「すみません、先生。こいつはどうにも心配性なもので。再来週には八十になるような老いぼれですけど、どうか一つ、よろしくお願いしますよ」

玄三は髪の毛のまったくない頭をぴしゃりと叩《たた》いた。

「もうすぐお誕生日なんですね。でしたら、それまでに退院できればいいですね」

冴木の言葉に、玄三ははにかんだ。

「いやあ、誕生日って言っても、八十回目ともなるとめでたくもなんともないんだけど、こいつと孫がお祝いしてくれるっていうんでね。それなら、それまでには頑張って治したいなとは思っているんですよ」

「それで、お腹を開ける手術をしないといけなくなる可能性はどれくらいあるんですか？」

父親を横目で睨《にら》みながら、幸子は軽く身を乗り出す。わずかに緩んでいた冴木の顔が引き締まった。

「それに関しましては、内視鏡で切除した粘膜を見てみないと、なんとも言えません」

「そうですか……」

「ただ、これはあくまで私見ですけど」

冴木はそう前置きすると、微笑を浮かべる。

「癌細胞が粘膜内にとどまっている可能性はかなり高いと思います」

幸子は勢いよく顔を上げた。

「本当ですか⁉」

「ええ、この画像では赤くなっている部分はかなり小さく、しかも色合いもそれほど濃くない。これは、癌がそれほど進行していないことを示しています。私の経験からするとこういう感じの場合は、内視鏡手術だけで治療できることが多いです。なんにせよ、昔と違って現在は、初期の胃癌は高い確率で完治するようになっています。私とこの諏訪野先生で、しっかり診させていただきますのでよろしくお願いします」

冴木が諏訪野の肩をばんっと力強く叩く。諏訪野はあわてて「よろしくお願いします！」と頭を下げた。

「こちらこそよろしくお願いしますよ、先生がた」

玄三が同じように頭を下げる。禿げ上がった頭頂部が蛍光灯の光を反射した。

「よし、それじゃあ近藤さんの手術に必要な検査をオーダーしていこうか」

冴木は首をごきごきと鳴らす。

三十分ほどかけて、近藤親子に手術やその後の予定などについて詳しい説明をしたあと、諏訪野と冴木はナースステーションに戻ってきていた。

「はい、内視鏡的粘膜切除術のオーダーですよね。やっておきます」

諏訪野は電子カルテの前に座ってマウスに手を置く。

「お、まだうちの科に来て二週間だっていうのに、けっこう使えるようになったな。

さすがは俺の後輩だ」

冴木が背後から両手で諏訪野の肩に手をかける。分厚い手の平の感触が、白衣越しに伝わってきた。

「いえいえ、先生のご指導の賜物《たまもの》ですよ」

冗談めかして諏訪野は言うが、それは本心でもあった。

二週間前からはじまったこの外科研修で指導医となったのが、講師である冴木真也だった。大学時代からの親友である冴木裕也の父親でもある彼は、下についた諏訪野にいろいろと世話を焼いてくれ、そのおかげで外科での仕事を早く習得することができていた。

「相変わらず調子のいい奴だな」

「それが売りですから」

諏訪野は唇の両端を持ち上げると、電子カルテに検査の予約を打ち込んでいく。

「お、もうこんな時間か。もうすぐ講義がはじまるな」

冴木が腕時計に視線を落とす。掛時計を見ると、時刻は午後二時五十分を指していた。冴木は午後三時から医学生への講義が入っている。医療機関であると同時に教育機関でもある大学病院に勤める医師にとって、学生の指導も大切な業務だ。

「それじゃあ、俺は学生棟に行ってくるから、その間に検査と術前後の点滴のオーダー、それと近藤さんの採血をやっておいてくれ。オーダーの内容はあとで俺が確認するから」

「了解です！」

冴木は「頼んだぞ」と言い残して小走りにナースステーションから出て行く。冴木を見送った諏訪野は、電子カルテの入力を終えると、採血に必要な器具を載せたトレーを持ってナースステーションを出た。

玄三がいる病室の入り口にさしかかったところで諏訪野は足を止める。四人を収容できる病室の、左手前に置かれたベッドのカーテンが開いていて、玄三がスーツ姿の男となにか話していた。

見舞客だろうか？　しかし、見舞いにしてはなぜか玄三の表情がこわばり、青ざめているように見える。

「それでは失礼します。また参りますので」

スーツの男が慇懃《いんぎん》に頭を下げるが、玄三はうつむいたままで返事をすることはなかった。男が病室から出てきて、諏訪野とすれちがう。縁なしの眼鏡をかけ、髪を整髪料できれいになでつけた三十前後の男だった。

いったいなんの用だったのだろう。軽く首をひねりながら諏訪野は病室へと入る。

「近藤さん、失礼します」

声をかけると、うなだれていた玄三は力なく顔を上げた。その顔は青ざめていて、表情には力がない。

「あ、ああ。諏訪野先生……」

「顔色悪いですけど、大丈夫ですか？」

「大丈夫。大丈夫ですよ」

玄三は笑みを浮かべる。しかし、その表情は露骨に引きつっていて、笑っているというより泣いているかのようだった。

「気分が悪いならお薬出しましょうか？」

「大丈夫だって」

「いや、無理はしない方が……」

「大丈夫だって言っているだろ！」

唐突に玄三が叫ぶ。予想外の反応に体がこわばった。

うつむいて黙りこんだ玄三を前にして、諏訪野は固まってしまう。なぜいきなり玄三が激昂《げきこう》したのか分からなかった。

なにか言わなくてはと思うのだが、会話の糸口が見つからない。

ふと諏訪野は、床頭台に置かれた写真立てに気づく。写真には玄三と幸子、そしてセーラー服を着た少女が写っていた。三人の後ろには校門が見える。おそらくは入学式の写真だろう。

「あの……、そこに写っているのはお孫さんですか？」

玄三は「え？」と顔を上げて、不思議そうに諏訪野を見た。

「その写真ですよ」

こわばっていた玄三の顔がわずかにほころんだ。

「あ、ああ、孫だよ。いま高校二年生でね」

「きれいなお嬢さんですね。高校二年生ってことは、来年は大学受験ですか？」

さらに会話を広げようとするが、玄三が返事をすることはなかった。その表情が再び硬くなっていく。

なにがあったかは知らないが、かなり虫の居所が悪いらしい。とりあえずさっさと採血をして退散しよう。

「あの、近藤さん。手術前の検査用に採血させていただいてもよろしいですか？」

ベッド脇に近づくと、玄三はゆっくりと口を開いた。

「諏訪野先生、申し訳ないけど……手術は拒否させてもらいます」

2

「もう一度確認するけど、手術をなんで拒否するかは言っていなかったんだな？」

「はい、何度訊《き》いても、それについてはなにも」

冴木の問いかけに、諏訪野はうなずいた。

玄三が内視鏡手術を拒否すると言い出した翌日の午前十一時過ぎ、冴木と諏訪野はナースステーションにいた。昨日、講義から帰ってきた冴木に玄三の言葉を伝えると、冴木は数秒間目を剝《む》いて絶句したあと、すぐに病室へと向かった。しかし玄三は、「なんで手術を拒否するんですか？」と訊《たず》ねる冴木に答えることなく、「少し考えさせてくれ」とくり返すだけだった。あまり患者を追い詰めるのはよくないということで、一晩よく考えてもらい、翌日にあらためて話し合いをするということになった。

一時間後には、娘の幸子も同席のもと、今後の治療についての話をする予定だ。

「内視鏡手術なら体へのダメージが少なく治療できることは言ったか？　あと、それほどつらい手術でないことも」

「はい、ちゃんと言いました。けれど、全然聞く耳を持ってくれなくて……」

「このまま治療しなければ、癌が進行して、最終的には命を失うことになるかもしれないんだぞ。そのことは本人も分かっているんだよな？」

冴木は苛立《いらだ》たしげに頭を掻《か》いた。

「分かっているはずです。けれど、『一人で考えさせてくれ』って言うだけで……」

「まったく、いったいどうなっているんだよ」

「あの、……冴木先生」

冴木は不機嫌そうに「なんだ？」と諏訪野を見る。

「いま思い出したんですけど。近藤さんが手術を拒否するって言い出す前、男と会って、なにか深刻そうな話をしていたんです」

「男？　家族か？」

「いえ、そんな感じじゃありませんでした。ビジネスマンのような雰囲気の男です」

「そいつと話したから、近藤さんは手術を拒否したっていうのか？」

「確信はないですけど、そんな気がしたもので」

冴木は厳しい表情を浮かべ考え込む。

「……もしかしたら、おかしなことを吹き込まれたのかもな」

「おかしなこと？」

「そうだ。時々いるんだよ、癌患者にわけの分からない民間療法を高額で薦めて来る悪徳業者が。そういう奴はまず患者におかしなことを吹き込んで、医療不信にさせる。そのうえで、自分が薦める商品を飲めば癌が治るみたいなことを言い出すんだ」

「医療不信に？」

「ああ、そうだ。よく聞くのは、日本は発展途上国に比べて癌で亡くなる患者の割合が極めて高い。それは日本の癌医療が遅れているからだっていうやつだな。なに言っているんだ。若くして感染症などで亡くなる割合が高くて平均寿命が短い国と、世界有数の長寿国の日本を比べたら、日本の方が癌での死亡率が高いのは当然だろ。高齢者の割合が段違いなんだからな」

「まあ、当然ですね」

「統計のトリックっていうやつだな。統計結果を自分に都合のいいように曲解して、とんでもない結論を導き出す。ただ、それにだまされる人も少なくない。そうなると、悲惨なことになる。効果の裏付けもない高額な民間療法を試しているうちに、癌が手のつけられないほどに進行して、命と財産の両方を失ってしまうこともあるんだ」

「昨日、近藤さんと話していた男も、そういう悪徳業者だっていうことですか？」

「その可能性もあるってことだ。そう考えれば、急に手術を拒否しだしたのも納得いくだろ」

「もしもですけど、近藤さんが癌の治療をすべて拒否するとしたら、その時はどうするんですか？」

「その場合、俺たちにできることはないな」

冴木は苦虫を噛《か》みつぶしたような表情でかぶりを振った。

「え？　でも、それじゃあ癌が……」

「ああ、癌が進行して、おそらくは二、三年で近藤さんは亡くなるだろう。けれど、そのことをしっかり説明したうえで、本人がそれを望むなら、俺たちにはどうしようもない」

「けど、手術をすれば近藤さんは死なないで済むんですよ」

どうしても納得がいかず必死に言葉を重ねる。冴木は諏訪野に向き直ると、諭すように言う。

「『死ななくて済む』っていうのは正しくない。あくまで『より長く生きられる可能性が高い』っていうだけだ。人間はいつか死ぬ。近藤さんは持病こそないが、それでも高齢だ。手術自体にもリスクはある。開腹手術をした場合、そのダメージが原因で命を落とす可能性も、低いながらゼロじゃあない。もしかしたら、手術をしない方がよかったってことになることだってあり得る」

「だからってそんな……」

「いいか、俺たちは患者になにかを強制することはできないんだ。医者ができるのは、統計上のデータを提示したうえで、最も適していると考えられる治療を提示することだけだ。こっちが示したすべての情報を理解したうえで患者が選択したことに、医者が口を出すことなんてできないんだよ。俺たちはそんなに偉くない」

「それじゃあ、近藤さんを説得はしないんですか？」

かすかに非難の色合いを含んだ口調で訊ねると、冴木は「なに言ってんだよ」と口角を上げた。

「そんなわけないだろ。たしかに患者の選択を尊重するべきだ。けれど、それは患者がちゃんと状況をすべて理解している場合の話だ。今日の話し合いで、もう一度分かりやすく説明するさ。そうすれば、少なくとも内視鏡的粘膜切除術ぐらいは受けてくれるはずさ」

「そう……でしょうか？」

「そりゃそうだろ。内視鏡的粘膜切除術は体への負担がごく小さい手術だ。この手術によって致命的な事態が生じる可能性はほとんどない。しかもいまの近藤さんの状態なら、それを受けるだけで癌が完治する可能性が高いんだぞ。そのことをしっかり理解したら、拒否して癌を放置するっていう選択肢はあり得ないだろ。ある程度のリスクがある開腹手術はともかく、内視鏡手術なら受けるはずだ」

「だといいんですけど……」

冴木の言っていることは正論だ。しかし、昨日見た玄三の思い詰めた表情を思い出すと、たとえ内視鏡による手術でも、そう簡単に受けいれてくれるとは思えなかった。

「ちゃんと説明すれば分かってくれるさ。ああ、そろそろ時間だな。それじゃあ、行くとするか」

立ち上がった冴木が大股《おおまた》で歩きはじめる。諏訪野は胸の中にもやもやとした不安を抱えながら、そのあとを追った。


「わざわざ申し訳ありません。父が変なことを言い出したせいで」

病状説明室に入りパイプ椅子に腰掛けるとすぐに、幸子が深々と頭を下げてきた。

「気になさらないでください。患者さんへの説明も私たちの大事な仕事ですから」

冴木は柔らかい笑みを浮かべると、幸子の隣に無表情で座っている玄三を見る。

「近藤さん、一晩考えてみて、気持ちに変化はありましたか？」

玄三はまるで冴木の声が聞こえていないかのように反応しなかった。

「お父さん、黙っていちゃ分からないでしょ。昨日はちょっと不安になっただけよね。手術を受けてしっかり癌を治さないと。なにか心配なことがあるなら、ちゃんと先生に質問して」

娘に促された玄三は、伏せていた目を上げる。その瞬間、諏訪野の背中に冷たい震えが走った。深く澄んだその瞳《ひとみ》はまるで、覚悟を決めた殉教者のもののようだった。

玄三はぼそぼそと聞きとりにくい口調で話しはじめる。

「冴木先生、諏訪野先生、昨日は失礼しました。一晩よく考えさせていただいて、結論が出ました。手術を受けたいと思います」

　そのセリフを聞いて、諏訪野は安堵《あんど》の息を漏らす。冴木は笑顔でうなずき、幸子は胸をなで下ろした。こわばっていた部屋の空気が一気に緩む。しかし、玄三は淡々と言葉を続けた。

「ただし、昨日説明していただいた内視鏡の手術は拒否します。腹を開けて胃を摘出する手術をお願いいたします」

「なっ⁉　なにを言っているの？」

　幸子が目を見開く。冴木と諏訪野も息を呑《の》んだ。

「近藤さん、ちょっと待ってください。こちらとしましては、まずは内視鏡手術を受けることをおすすめします。内視鏡手術なら体への負担が小さくて済みますし、近藤さんの場合、それで完治する可能性がかなり高いんです」

　冴木があわてて説明するが、玄三は首を横に振った。

「いや、内視鏡の手術は受けない。内視鏡の手術は出血しても分からなくて、危険だって聞いたんだ。そんな手術は絶対にいやだ！」

「それは内視鏡ではなく、腹部に穴を空けて、そこから器具を差し込む腹腔鏡《ふくくうきょう》という手術です。たしかに腹腔鏡は出血しても見えづらいことがあるなどのリスクがありますが、内視鏡は決してそういうことは……」

「なんと言われようと、俺は内視鏡の手術は受けない！」

冴木の説明を、玄三の怒声が遮る。

「お父さん、ちょっと落ち着いてよ。先生が内視鏡手術がいいっておっしゃっているのよ。ちゃんとその通りに……」

「うるさい！　お前は黙っていろ。俺には分かるんだ、内視鏡は危険だって。あんな管の先につけた刃物で胃を削るなんて、うまくいくわけがない」

玄三は口からつばを飛ばしながら怒鳴ると、冴木を睨《にら》みつける。

「それで先生、腹を開ける手術はやってくれるのか？　それとも、自分たちの意見に従わない患者は、手術してくれないっていうのかい？」

挑発的なセリフに、冴木の顔がかすかにゆがんだ。

「いえ、そんなことはありません。どうしても内視鏡治療が嫌だということなら、開腹しての胃切除術を行うことも可能です。内視鏡的粘膜切除術は比較的最近行われるようになった治療で、それ以前は胃癌はすべて開腹手術を行ってきましたから。ただ……」

「来週だ」

冴木の言葉にかぶせるように、玄三は言う。冴木は「はい？」と、眉《まゆ》をひそめた。

「だから来週だ。遅くとも来週中に手術をやってくれ」

「それは無理です！」

「なんで無理なんだよ！　俺はもう入院しているんだぞ。来週ぐらいには手術が受けられるだろ」

「そんな単純な話じゃありません。手術の予定はかなり先まで決まっているんです。いまから予定を組んでも、手術ができるのは早くとも再来週以降です」

　頭痛をおぼえたかのように冴木は頭を押さえる。しかし、玄三が納得することはなかった。

「空いている手術室ぐらいあるだろ。そこでちゃちゃっとやってくれればいいんだよ」

「手術には執刀医だけじゃなく、助手に麻酔科医、器械出しと外回りの看護師も必要になります。それに、もし開腹手術をするとなったら、近藤さんにはあらためていろいろ検査を受けてもらわないといけない。どうやっても来週までにはできません」

「……わかったよ」

　玄三は鼻の付け根にしわを寄せる。

「ご理解いただけて良かったです。それじゃあ、本当に開腹手術をするのか……」

　疲れ切った表情を浮かべながら冴木が話しはじめた瞬間、玄三が立ち上がった。パイプ椅子の脚が床にこすれ、耳障りな音を立てる。

「退院する」

「は？」

「だから、来週までに手術をしてくれないって言うなら、いますぐに退院して、他の病院を探す。来週中に手術をしてくれる病院をな」

「ちょ、ちょっと待ってください。いまから探したって、すぐに手術をしてくれる病院なんてありませんよ。手術のリスクを可能な限り下げるために、術前にいろいろ検査をするのは当たり前のことなんです」

「そんなの探してみないと分からないだろ。なんにせよ、来週中に手術をしてくれないなら、俺はこの病院から出て行く。その後のことは先生には関係ない話だ」

冴木と諏訪野は啞然《あぜん》として言葉を継げなくなる。

「いい加減にして！」

唐突に、壁が震えるほどの怒声が部屋の中に響き渡った。

「……なに考えているのよ、お父さん」

父親を怒鳴りつけた幸子は、一転してか細い声で言う。険しかった玄三の表情が、火で炙《あぶ》られた蠟《ろう》のようにゆがんだ。

「俺は……、ただ来週までに手術を……」

「なんでそんなわがまま言うわけ？　私も先生たちもお父さんの病気を治したいと思

っているのに、なんでそれを分かってくれないのよ？」

「いや……それは分かっている。分かっているんだ……」

「分かっているなら、ちゃんと治療受けてよ。なんで病院を出て行くなんて、馬鹿なこと言うのよ。そんなことして、どこでも治療が受けられなくなったらどうするつもりなの」

娘に責められ、玄三はうつむき黙り込んだ。そんな父親に、幸子はさらに怒りの言葉をぶつけていく。

「黙っていちゃ分からないでしょ。いったいなにを考えているのよ。なにか理由があるなら、ちゃんと教えてよ」

玄三はうつむいたまま、かすかに震える唇をゆっくりと開いた。

「……お前には関係ない」

「関係ない⁉」

幸子の声が裏返る。次の瞬間、勢いよく立ち上がった幸子が、両手で玄三の両肩を摑《つか》んだ。

「関係ない？　私が関係ないって言うの？　お母さんが死んでから、ずっと二人で支えあってきたんじゃない！　お父さんが友達の保証人になったせいでお金がなくなって、大学に行けなくなったときだって、私はなんにも言わなかったでしょ！　私が離婚した時は、お父さんが子育て手伝ってくれたじゃない。二人でずっと頑張ってきたのに、それなのに関係ないって言うわけ！」

涙声で叫びながら、幸子は玄三の体を激しく前後に揺すった。諏訪野と冴木があわてて立ち上がり、二人の間に入る。肩から手を離した幸子は、崩れ落ちるように机に突っ伏すと、肩を震わせて嗚咽《おえつ》を漏らしはじめた。そんな娘を、玄三は乱れた入院着をただすこともせず、深い哀しみを湛《たた》えた表情で見下ろす。

「……冴木先生、どうか来週までに腹を開ける手術をお願いします。もしどうしてもできないなら、はっきりそうおっしゃってください。その際はさっき言ったように退院させてもらいます。……できれば今日中にお返事をください」

玄三は一礼すると、逃げるように部屋を出て行った。扉が閉まる音が部屋に響く。

諏訪野は、まだ嗚咽を続ける幸子に声をかけようとする。しかし、慰めの言葉を口にする前に肩に手を置かれた。ふり返ると、冴木が無言のまま首を左右に振っていた。

諏訪野はただ黙って幸子が泣き止むのを待つ。

三分ほど経って泣き声が止むと、幸子は緩慢に顔を上げた。その目は充血し、涙で化粧が乱れている。

「どうぞ」

冴木が白衣のポケットからハンカチを取り出し、差し出す。幸子はかすれた声で

「ありがとうございます」とつぶやくと、受け取ったハンカチで目元を拭《ぬぐ》った。

「すみません、みっともないところをお見せして」

「いえ、そんなことはありません。ところで、お父様がどうして急に内視鏡手術を拒否しだしたか、心当たりはありませんか？」

「私には全然分かりません。昨日のお昼までは全部先生にお任せするって言っていたのに……」

「たとえば、最初に内視鏡検査を受けた時に苦しかったので、もう二度と胃の内視鏡は受けたくないと思ったとか」

「そんなことはないと思います。麻酔をかけてやってくれたんで、ほとんど眠っているうちに検査が終わったって言っていましたから」

「そうですか」

「来週までに手術を受けたいっていうのは、なぜなんでしょう？」

　諏訪野が小さな声で言うと、冴木と幸子の視線が集まった。

「いえ、なんで近藤さんは来週までに手術することにこだわるのかなと思いまして。もしかして、来週になにかあったりしますか？」

　幸子は記憶を探るように、こめかみに手を当てる。

「特には思いつきません。再来週の初めが父の誕生日ですけれど、それは関係ないでしょうし……」

「そうですね。開腹手術をすればそのあと二週間程度は入院し続けないといけない。もし誕生日を家で過ごしたいなら、誕生日後に手術を受けるか、予定通り内視鏡での治療を受けるべきですからね」

腕を組んだ冴木が、はっと顔を上げる。

「失礼ですけど、金銭的なことを気にしていらっしゃる可能性はありませんか。内視鏡手術を受けたあと、癌が粘膜下まで進行しているのが分かって開腹手術を受けるよりは、最初から開腹手術を受けたほうが医療費が安くすむからとか」

「いえ、それも違うはずです。父は入院保障とかガン保障つきの生命保険に入っています。癌だと診断された時点で、ある程度まとまったお金が支給されるってことでした。入院も手術も保障されるはずです。八十歳で切れる保険だったんですけど、その前に癌だと分かってよかったと、本人が言っていました」

「違いましたか」

冴木は数秒黙り込んだあとため息をついた。

「ここで悩んでいてもしかたがないですね。手術の件については今日の夕方にでももう一度お父様と話し合いをさせていただいて、内視鏡治療を受けるか、それとも再来週以降に開腹手術を受けるか選んでいただきます。もちろん、こちらとしましては、あらためて内視鏡をおすすめはしますが」

「もし、父がどうしても来週までにお腹を開ける手術をしてくれって言い張ったら？」

幸子が不安げに訊《たず》ねてくる。冴木は数秒の沈黙のあと、硬い声でこたえた。

「まずは、お父様が考え直してくださることを祈りましょう」

「冴木先生。近藤さん、考え直すと思いますか？」

ナースステーションへと戻った諏訪野は、話し合いの内容を電子カルテに打ち込みながら、すぐそばに座っている冴木に声をかけた。

「難しいな。これまで、こちらの勧めを拒絶する患者はそれなりに見てきた。その中にはしっかり説明すれば、考えを変えてくれる人もいた。これまでの経験から言うと、近藤さんはそうじゃない。なんでか知らんが、あの人はこっちの説得に耳を傾けるつもりはまったくないな」

「それじゃあどうするんですか？　なんとか来週に開腹手術をするとか……」

「近藤さんにも言っただろ、そりゃ無理だよ」

「けれど、予定されていなくても、緊急手術とかなら入れることができるじゃないですか。だから、なんとかねじ込んだりは……」

　横目で冷たい視線を浴びて、諏訪野の声は小さくなっていく。

「すみません。だめですよね」

「べつに謝ることはないさ。まだ研修医だから、そのあたりのことを知らなくてもしかたがないからな。たしかに緊急手術を入れられるように、手術室とスタッフには常にある程度の余裕をもたせている。だから、麻酔科教授とかオペルームの看護師長に必死に頭を下げれば、来週手術をねじ込むのは可能かもしれない」

「それなら……」

　諏訪野が軽く身を乗り出すと、冴木が開いた手の平を向けてきた。

「落ち着けって。たしかに可能と言えば可能だ。けれど、それは医学的な必要があって、どうしても早期に手術をしないといけない場合にだけ行う裏技だ。たとえば、癌細胞の悪性度が極めて高くて、待機している間に転移してしまう可能性が高い症例とかな。けれど、近藤さんはそうじゃない。近藤さんの癌細胞は病理で高分化型、つまり悪性度は低いと出ている。あの人の場合は、準備不足であわてて手術をする方が遥《はる》かにリスクが高い」

「……そうですよね」

「それに、平等性の問題も出てくる。患者にはできるだけ平等に治療を受けてもらわないといけない。近藤さんだけを特別扱いするわけにはいかないんだ」

「じゃあ、近藤さんが本気で退院するって言い張ったらどうするんですか？」

「その時は、俺たちに引き留めることはできない。病院は刑務所じゃないからな。ただ、まともな病院なら受診してすぐ来週に手術なんてしてくれないはずだ。たぶん、近藤さんは再来週以降にまた戻ってくることになる」

「もし、戻ってこなかったら……？」

「そうならないように、こちらとしても本人や娘さんに連絡を入れるようにするが、それでも治療を拒否した場合、……二、三年で癌死することになるだろうな」

『癌死』という不吉な単語に、背筋が冷たくなる。その時ふと、諏訪野の頭に一つの仮説が浮かんだ。

「あの、もしかしたら近藤さんは、八十歳の誕生日の時に自宅にいないようにするために開腹手術を希望しているんじゃないですか」

「誕生日に自宅にいたくない？」

「はい、そうです。来週手術をすれば、少なくとも再来週の誕生日は、開腹手術後の近藤さんは入院していないといけません。それが目的なんじゃないかと思って」

「なんで誕生日に入院していたいんだよ？　普通なら家族と祝いたいだろ」

訝《いぶか》しげに言う冴木を前に、諏訪野は声を小さくする。

「昨日会っていたビジネスマン風の男に、なにか言われたからだと思うんです」

「その男は怪しい民間療法を売り込みに来ていたわけじゃないってことか？」

「はい、違うと思います。これはあくまで俺の想像なんですけど、あの男は借金返済の催促に来ていたんじゃないでしょうか？」

「借金？」

「近藤さんが昔、借金の保証人になって苦しい思いをしたって、さっき娘さんが言っていたじゃないですか。だから、もしかしたら八十歳の誕生日までに払わないといけない借金があって、あの男はその取り立てに来たんじゃないかと」

「けどなあ、娘さんの口ぶりじゃあ、かなり昔のことみたいだったぞ。それをいまさら取り立てに来るなんて……」

「きっとまともな借金じゃないんですよ。非合法な高利貸しで、八十歳になったら急に激しい取り立てをはじめるとか」

「もしそうだとしても、俺たちにはなにもできないよ。お前の想像が正しかったら警察の仕事だ。俺たちは治療についてだけ考えるべきだ。患者さんのプライバシーにずかずかと踏み込んでいく権利はない。それに、俺たちが治療しないといけない患者はたくさんいる。近藤さんにだけ、あまりこだわるわけにはいかない」

ぼりぼりと頭を掻《か》く冴木を前に、諏訪野は「そんな……」と言葉を失う。

たしかに冴木の言っていることは、ある意味正しいだろう。けれど、諏訪野にはその発言がとても冷たく感じられた。

患者一人一人について深く関わることなく、ただ流れ作業で手術を行い治療していく。それが正しい医療なのだろうか？

「なんにしろ、今日の夕方にもう一度近藤さんと話し合って、今後の方針を決定しよう。もし近藤さんの意思がどうしても変わらないなら、とりあえずは退院してもらうことになるだろうな」

自らの肩を揉《も》む冴木を見ながら、諏訪野は唇を噛《か》んだ。

3

「はい、もう苦しいところは過ぎましたからね。ゆっくりと鼻で呼吸をしていてくださいね」

患者の口に差し込んだ内視鏡を器用に操作しながら冴木が言う。その隣で、胃粘膜洗浄用の生理食塩水をシリンジに詰めていた諏訪野はちらりと掛時計を見る。時刻は午後四時半を回ったところだった。

近藤親子との話し合いのあと、昼過ぎから午後五時まで、冴木と諏訪野は胃内視鏡検査の当番に当たっていた。このあと、玄三と最後の話し合いを行う予定だ。そこで説得できなければ、玄三はこの病院を退院することになるだろう。

　本当にそれでいいのだろうか？　もし玄三がなにかトラブルに見舞われているなら、担当医としてなにかするべきなんじゃないだろうか？

　迷う諏訪野の白衣のポケットから、気の抜けた電子音が流れ出す。院内携帯を取り出して通話ボタンを押すと、すぐに回線は繋《つな》がった。

『二十五階病棟ナースステーションですけど、来ましたよ』

　若い看護師の声が聞こえてくる。

「え？　来たって……」

『なに言っているんですか？　さっき私に頼んだでしょ。近藤さんのところにビジネスマンっぽい男が来たらコールしてくれって。いま検温に行ってきたら、そんな感じの男の人が、近藤さんとなにか話していましたよ』

　諏訪野は目を見開く。昨日、あの男が病室を出るとき、玄三に「また参ります」と言っていたことを思い出し、この検査室に来る前、近藤の担当ナースに頼んでおいたのだ。

　諏訪野は「ありがとうございます！」と通話を終えると、冴木に向き直った。

「なにかあったのか？」

胃内部の画像が表示されているディスプレイから視線を外すことなく、冴木が訊《たず》ねてくる。

「近藤さんの病室に、あの怪しい男が来ています」

「怪しい男？」冴木が諏訪野に向き直った。「それって、昨日近藤さんと話していたって奴か？」

「そうです。検査中に申し訳ないんですけど、近藤さんのところに行かせてもらえませんか？　その男に話を聞きたいんです。急に近藤さんの態度が変わった原因が分かるかもしれません」

冴木は硬い表情で黙り込む。

だめなのだろうか？　冴木はさっき「こだわるわけにはいかない」と言っていた。一人の患者の個人的な事情にまで踏み込むことを、指導医として許してくれないのだろうか。

「……行け」

諏訪野の喉《のど》から「へ？」という間の抜けた声が漏れる。

「なにぼーっとしているんだ。その男が帰っちまうかもしれないだろ。そこまでするなら、ちゃんと最後までやり遂げてみろ」

冴木は唇の片端を持ち上げると、追い払うかのように片手を振った。

「早く行けって」

「はい！　ありがとうございます！」

諏訪野は背筋を伸ばすと、身を翻した。


エレベーターで二十五階に到着した諏訪野は、小走りに近藤の部屋に向かう。

「あ、諏訪野先生！」

ナースステーションの前を通り過ぎようとしたとき、若い看護師に呼び止められた。男のことを連絡してきてくれた看護師だった。

「なんですか？」

「近藤さんのところに来てた人、ちょうどいま帰って行きましたよ」

「え？」

「ちょっと前だから、追いかければ間に合うかも」

看護師はエレベーターホールを指さす。諏訪野は「ありがとうございます！」と礼を言うと、エレベーターホールへと走り、素早く下行きのボタンを押す。しかし、多くの見舞客が訪れる時間帯だけあって、エレベーターは遅々としてやってこない。

諏訪野は脇にある重い防火扉を開いて中に入ると、非常階段を下りはじめた。一段飛ばしで必死に階段を駆け下りていく。いくら下りとはいえ、二十五階から一階までの移動はかなりきつかった。医者になってから運動不足気味の体が悲鳴を上げはじめる。

息を切らしながら一階までたどり着くと、再び防火扉を開けて一階フロアへと飛び出した。広々とした外来待合は多くの患者であふれかえっていた。せわしなく首を左右に動かし、昨日すれちがったスーツ姿の男を捜す。

いた！　男の姿が出口近くにあった。患者にぶつからないように注意しながら男のあとを追う。病院から出たところで男に追いついた諏訪野は、背後からその肩に手をかける。

「待ってください……」

「えっ、なんですか？」

振り返ったスーツ姿の男は、警戒の表情を浮かべた。

「私は近藤玄三さんの担当をしている研修医です。あなた、昨日近藤さんとお話ししていた方ですよね？」

「ええ、そうですよ。いまもちょうど近藤さんとお話をしてきたところです」

男はあっさりと認める。なにか後ろ暗いことをしているのではないかと疑っていた諏訪野は、肩すかしをくう。

「あの、近藤さんとどのようなご関係で？」

「あ、申し遅れました。私、こういう者です」

男は名刺を一枚、恭しく差しだしてくる。受け取った名刺に記されていた肩書きを見て、眉間《みけん》にしわが寄った。

なんでこの男と話して、近藤さんの態度がおかしくなったのだろう？

必死に頭を絞ったとき、体に電流が走った気がした。諏訪野は大きく目を開く。

もしかしたら……。頭に浮かんだ仮説を必死に検証する。もしこの仮説が正しければ、玄三の行動にすべて説明がつく。それをたしかめるには……。

諏訪野は勢いよく顔を上げた。

「あ、あの……、なにか？」

男は気圧《けお》されたように、軽く身をそらす。

「良かったら少しお話しできませんか？　俺もそろそろこういうものが必要だと思っていたところなんで」

男は不思議そうに数回まばたきをくり返したあと、極上の営業スマイルを浮かべた。

「もちろんです。喜んで！」

午後六時過ぎ、諏訪野と冴木は再び病状説明室の扉をくぐった。部屋の中にはすでに、近藤玄三が緊張をはらんだ面持ちで座って待っていた。冴木が硬い表情を崩さぬまま、玄三の対面に腰を下ろす。諏訪野も冴木の隣のパイプ椅子に座った。

一時間ほどスーツ姿の男の話を聞いたあと、諏訪野は院内携帯で冴木に呼び出された。内視鏡検査の当番が終わってすぐに、玄三が早く結論を聞かせてくれとせがんできたらしい。

「それで、来週中に手術ができるかどうか、結論は出ましたか？」

開口一番、玄三は最終的な回答を求めてくる。冴木はまっすぐに玄三の目を見た。

「私としては一応の結論は出ているんですが、その前に諏訪野先生が少しお話ししたいことがあるそうです」

「諏訪野先生が？」

玄三の顔に困惑が浮かぶ。

病状説明室に入る前、諏訪野は少し玄三と話す時間が欲しいと冴木に頼んでいた。スーツの男と話すことで、なぜ玄三が内視鏡手術を拒否したのか、そして来週までに開腹手術を受けることを望んでいるのか見当がついていた。しかし、玄三を待たせている状況では、事細かに冴木に説明している余裕がなかった。

「いまさら研修医の先生と何を話すっていうんだ。それより早く結論を……」

「その結論を出すために、近藤さんにたしかめたいことがあるんです。お時間はとらせませんから」

玄三のセリフにかぶせるように諏訪野は言う。玄三は不満げに「……なら、早くしてくれ」と唇をゆがめた。

諏訪野は軽く咳払《せきばら》いをして気を落ち着ける。

「昨日からずっと考えていました。なんで近藤さんが急に内視鏡手術を嫌がったり、急いで開腹手術をやりたいと言いだしたか」

玄三は無言で諏訪野を見つめ続ける。

「近藤さんの態度が変わったのは昨日です。そしてその直前、僕は近藤さんが病室でスーツ姿の男となにか話しているのを見ました。だから思ったんです。あの男がなにかおかしなことを吹きこんだんじゃないかって」

「そんな男、知らねえよ。そもそも、どんなことを言われたら、俺が内視鏡手術を嫌がるって言うんだ」

吐き捨てるように玄三は言う。しかし、その頰の辺りが引きつっていることを諏訪野は見逃さなかった。

「ええ、それが分かりませんでした。最初はあの男が、借金取りじゃないかって疑いました」

「借金取り？　なに言ってんだよ。だから、そんな男は関係ねえって。俺はただ、早く癌を体から取っちまいたいだけなんだよ。内視鏡なんていうまどろっこしい方法じゃなく、しっかり腹を開けてな」

「いえ、関係はあるはずです。あの男と話している時の近藤さんの表情は、明らかにすごく動揺していました。なにかあの男に衝撃的なことを言われたはずなんです。だから僕はさっき、今日も近藤さんの病室に来ていたあの男をつかまえました」

「なっ⁉」玄三は目を剝《む》く。

「彼は愛想良く名刺をくれましたよ」

　諏訪野は白衣の胸ポケットから取り出した名刺を、デスクのうえに置いた。冴木が身を乗り出して覗《のぞ》き込む。

『株式会社　大日本保険　営業一課　山本誠《やまもとまこと》』

　名刺にはそう記されていた。

「保険会社……」冴木がつぶやく。

「そうです。近藤さんと話していたのは保険会社の営業マンだったんです」

「保険会社の人間なら来てもおかしくないだろ。今回の入院について保険支払いの説明に……」

「それです！」

　こめかみを掻《か》きながらつぶやく冴木に、諏訪野は勢い込んで言う。

「それが今回の件の原因だったんです。そうですよね、近藤さん？」

　諏訪野が水を向けるが、玄三は答えなかった。かまわず諏訪野は言葉を続ける。

「僕はこの山本という営業マンと話をしました。保険に入ることを考えているって言ったら、喜んでいろいろと薦めてくれましたよ。その中で一番推していたのが、八十歳まで保障される、入院保険とかガン保険付きの掛け捨て型の生命保険です。たしか、近藤さんが入っていたのもこのタイプでしたよね。娘さんが言っていました」

「……知らねえよ」

「つまり、八十歳までに手術をすれば、その手術に対する保険が下りるから、近藤さんは早く開腹手術を受けたがっていたってことか？」

　冴木が首をひねる。

「いえ、違うんです。その営業マンに聞いたところ、保険が切れる前に決まった手術に対しては、保険期間後に執刀しても、しっかりと医療費が支払われるということでした。そうではなくて、近藤さんが必要だったのは、癌に対する保険金だったんです」

「癌に対する？」

「そうです。娘さんが言っていたじゃないですか。近藤さんの保険は、癌だって診断がついた時点でまとまったお金が支給されるって。近藤さんはそれが必要だった。そうですよね？」

なにも答えない玄三を見て、諏訪野は自らの想像が正しいことを確信する。

「いや、なんでそうなるんだ？　もう近藤さんには癌の診断がついているんだぞ。いまの時点で保険金はもらえるだろ」

冴木が首をかしげる。

「いえ、いまのままではだめなんです。いまはまだ、近藤さんの癌が、保険会社の言う『癌』かどうかはっきりしないんです」

「癌かどうかはっきりしない？　どういうことだ？　もっと分かりやすく説明してくれ」

「近藤さんの癌は粘膜内にとどまっている可能性がありますよね。そして粘膜内癌の場合、切除したときの治癒率はほぼ百パーセントです。だから、保険会社によっては、ほぼ確実に治るこの癌を、『癌じゃない』と定義している場合があるんです」

「はぁ？」冴木は呆《ほう》けた声を上げる。

「つまり保険会社からしたら、命を奪う可能性があってはじめて『悪性』腫瘍《しゅよう》であって、死ぬことのない腫瘍は『悪性ではない』ということみたいですね。契約書にも粘膜内癌は癌とはみなさないことが明記してあるらしいです。営業マンにちゃんと確認しました」

「それじゃあ、近藤さんは八十歳になるまでに、癌が粘膜よりもっと下にまで進行しているってことを証明しないと……」

「……おっしゃるとおりです」

それまで黙っていた玄三が、震える唇の隙間からかすれた声を絞り出した。

「癌って診断されたので、てっきり保険金がもらえると思っていました。けれど、昨日保険金の請求方法を説明に来た男は、いまの時点では癌に対する保険金は払えないと言ってきたんです」

玄三の表情に怒りが滲《にじ》む。

「癌の保険金を受け取るためには、再来週の誕生日までに、癌がどこまで進んでいるかをはっきりさせる必要がありました」

「そのために、開腹手術を受けないといけなかったってことか。内視鏡的粘膜切除術じゃ粘膜の下の部分で焼き切るから、粘膜内に限局していることは分かっても、粘膜の下まで進んでいると断言することはできないから」

冴木が玄三の言葉を引き継ぐ。玄三は力なくうなずいた。

「はい、あの男にはそう説明を受けました」

「なら、そう言ってくれれば……」

「……金のために、せっかく先生方が考えてくださった治療を変えていただくなんて、そんな失礼なことは口にできませんでした。それに、もしこのことを娘が知ったら、あいつは『金なんかいらないから少しでも安全な治療を受けて』と言ってくるでしょう。ですから、あんなわがままを言わせていただきました。本当に申し訳ございませんでした！」

玄三は額が机につくほどに頭を下げる。冴木はこめかみを掻いた。

「いえ、そんな……。頭を上げてください。ちなみに失礼ですけど、その癌の保険金っていうのはいくらぐらいなんですか？」

「三千万円です」

「三千万⁉」

予想より高い数字に、諏訪野は甲高い声を上げる。

「はい、それでも若いときに入っていたので、毎月の保険料はかなり安かったんです。だから連帯保証人になって財産の大半を失ったあとも解約していませんでした。体を壊したときに、治療費が払えなくなったら困ると思って……。けれど、この年になるまで病気らしい病気にかかったことはありませんでした。今回、ようやく役にたつと思ったら……この有様ですよ」

　玄三の顔に自虐的な笑みが浮かぶ。

「けれど、たとえ来週中に開腹手術を受けたとしても、保険金がもらえるとは限らないじゃないですか。病理検査の結果、癌が粘膜内にとどまっているかもしれないんですよ」

　冴木の言葉を聞いた玄三は、両手を机について身を乗り出してきた。

「それでも可能性にかけてみたかったんです！　俺が保証人になんかなったせいで、娘にはずっと苦労をかけてきました。いまも仕事をしながら高校生の娘を育てていますが、かなり家計は苦しいはずです。けれど、娘は文句一つ言ったことがありません。俺が金を失ったせいで大学へ進学する夢も捨てて就職したっていうのに、一度も俺を責めなかったんです！」

　玄三は目に涙を浮かべながらさらに身を乗り出す。

「娘と同じように、孫も大学進学を諦《あきら》めようとしています。本当は行きたい私立の大学があるのに、家計を助けるために高卒で働こうとしているんです。もし三千万円が入れば、孫を大学に入れられます。娘にだって少しは楽をさせてやれるんです。先生、俺はもうすぐ八十歳で、あと何年生きることができるか分かりません。これは俺にとって、娘と孫のためになにかしてやれる、最後のチャンスなんです。だから、後生ですから来週中に手術を……」

　そこまで言ったところで玄三はむせて、言葉が継げなくなる。冴木と諏訪野は、何度も咳《せ》き込みながら嗚咽《おえつ》を漏らす玄三を眺め続けた。

　諏訪野は横目で冴木に視線を送る。冴木は眉間《みけん》に深いしわを刻み、腕を組んで考え込んでいた。玄三のむせび泣く声だけが部屋に響く。

「近藤さん……、いまも内視鏡治療は拒否して、来週中に開腹手術を受けるという決意は変わらないですね？」

　数分後、玄三の泣き声が聞こえなくなると、冴木は低い声で訊《たず》ねた。玄三はうつむいたまま、蚊の鳴くような声で「はい」とつぶやく。

　再び、数十秒腕を組んで考え込んだ後、冴木は諏訪野に向き直った。

「諏訪野、行くぞ」

「え？　行くってどこにですか？」

「決まっているだろ。手術部だ。麻酔科教授とオペルームの看護師長に土下座でもなんでもして、来週中に近藤さんの手術をねじ込んでもらう。お前も一緒に頭を下げろ」

　机に突っ伏していた玄三が顔を上げ、充血した目を剝《む》いた。

「でも、それって医学的にどうしても早期に手術が必要な場合だって……」

諏訪野は戸惑いながら、冴木と玄三の間で視線を往復させる。

「患者がすべての状況を理解したうえで、ここを退院してでも来週中に開腹手術を受けると決心しているんだ。もし、この病院以外で手術をするとしたら、術前検査が不十分になって危険を伴う。なら、うちで手術をした方が安全だ。主治医の俺が医学的にそう判断した。なにか文句でもあるか？」

口を半開きにしていた諏訪野は、二、三度まばたきをしたあと、満面の笑みを浮かべた。

「いえ、指導医様に文句なんて、めっそうもございません！」

翌週の木曜日、近藤玄三の胃部分切除術が冴木の執刀により行われた。父親の開腹手術を渋っていた幸子も、冴木の説得によりなんとか同意してくれていた。

諏訪野は第二助手として手術に入り、鉤引《こうひ》きなどを必死に行った。手術は二時間半ほどで順調に終わり、冴木は諏訪野をともなって、待機していた幸子とその高校生の娘に手術の成功を報告した。報告を聞いた二人は大きく安堵《あんど》の息を吐いて、笑みを見せた。しかし、諏訪野と冴木はまだ安心することはできなかった。もし、癌が粘膜内にとどまっていたら、玄三の必死の行動も無駄になってしまうのだ。

　家族への説明後、冴木は自ら切除した胃を病理検査室へと持ち込んで、そこで標本を作っていた。ほとんど病理についての知識がない諏訪野は、冴木がてきぱきと作業をこなしているのを手持ちぶさたに、ただ眺めることしかできなかった。

「できたぞ」

　検査室にやって来てから一時間ほど経ったところで、冴木はそうつぶやくと、手にしたプレパラートを顕微鏡にセットした。

緊張した面持ちでレンズを覗《のぞ》き込む冴木を、諏訪野は息を殺して見守る。

数十秒後、倍率を変えたりしながらレンズを覗いていた冴木が唐突に立ち上がり、検査室から出ていく。

「え？　冴木先生、ちょっと待ってください」

　あわてて後を追った諏訪野は、冴木とともにエレベーターで二十五階にある玄三の病室へと向かった。

　廊下を進む間、何度も結果を訊ねようとした。しかし、険しい表情の冴木を見ると、質問を口にすることができなかった。

　二人は病室に到着する。玄三がベッドに横たわり、その脇に置かれたパイプ椅子に、幸子とその娘が座っていた。

「……先生」

冴木の姿を見た玄三が上半身を起こそうとする。しかし、すぐに顔をしかめベッドに背中をつけた。手術後まだ一時間ほどしか経っていないのだから当然だ。

「病理検査の結果が出ました」

なんの前置きもなく、冴木は平板な声で言う。玄三の表情がこわばった。

「それで……、どうだったんでしょうか？」

幸子がおずおずと訊ねる。冴木は硬い表情のまま口を開いた。

「残念ながら、……ほんのわずかながら、粘膜の下にある粘膜筋板という組織まで癌細胞が達していました」

「と、ということは……」玄三が喘《あえ》ぐように言う。

「はい。粘膜内癌とは言えません。ただ、粘膜筋板に達していた癌細胞はごくわずかなので、転移している可能性はほとんどないはずです。今回の手術で完治したと考えていいでしょう。今後は定期的に外来で経過を見ていけばよろしいかと思います」

冴木は表情を緩め、玄三に微笑みかける。口を半開きにしていた玄三の目から涙がこぼれだした。

「ありがとうございます……。本当にありがとうございます……」

「どうしたの、お父さん。そんなに泣いちゃって。強がっていたけど、やっぱり不安だったのね」

幸子がハンカチで父親の顔を拭《ふ》く。彼女の目元にも涙が滲《にじ》んでいた。

「それじゃあ、私たちはこれで失礼します。近藤さん、あとであらためてご説明をしに参りますので」

冴木は頭を下げると、きびすを返して病室を出た。諏訪野も一礼してそれに続く。

「あの、……冴木先生」

廊下を少し進んだところで、諏訪野は冴木に声をかける。

「ん？　どうかしたか？」

冴木は唇の片端を上げながらふり返った。

「……いえ、なんでもありません」

本当に癌細胞は粘膜下まで進行していたのだろうか？　それとも……。

口先まで出かけた質問を諏訪野は呑《の》み込んだ。そんな無粋な質問、意味がない。

無言のまま冴木と並んで歩き、エレベーターホールへとたどり着いたところで、諏訪野は独り言のようにつぶやいた。

「冴木先生、外科ってなかなかいいですね」

「おっ、なんだ。うちに入局する気になったか？」

「それもいいかな、なんて」

「いや……、お前はやめといた方がいいな」

「え？　なんでですか？　俺、そんなに出来が悪いですか？」

「出来はいいさ。良すぎるくらいだ。今回のことだって、お前がいなかったら俺はなにも知らないまま近藤さんを放り出していただろうな。だから、感謝しているよ」

「それなら……」

「ただ、お前に外科は向いていない。外科はどうしても手術が診療の中心になっちまうから、一人一人の患者にゆっくり向き合う余裕がないんだよ。やらないといけない手術が次々にやってくるからな。そうだな、お前には内科とか、患者にしっかりと寄り添って治療ができる科の方が向いている気がする」

「内科ですか。けっこう手術とか好きなんですけどね、俺」

諏訪野は頭を掻《か》きながらはにかむ。

「まだ研修は長いんだ。その間にゆっくり考えて決めればいいさ。まあ、もしうちの科に来たら、俺がしっかり鍛えてやるから覚悟しておけよ」

冴木は諏訪野の背中をばんばんと叩《たた》く。その分厚い手の平の感触が心地よかった。

「その際はどうかよろしくお願いします」

諏訪野は芝居じみた仕草で大仰に頭を下げた。

冷めない傷痕

1

暇だ……。木曜の午後、純正会医科大学附属病院皮膚科医局の隅にあるデスクで参考書を広げながら、二年目の研修医である諏訪野良太はあくびをかみ殺していた。すぐ近くにあるテレビから、株の暴落や殺人事件、都内で起きている連続放火事件などについてのニュースが聞こえてくる。さらに離れた位置では、若手の女性皮膚科医数人が、最新の美容法について賑《にぎ》やかに情報交換をしていた。

女子校の教室に紛れ込んでしまったようで居心地が悪い。諏訪野は腕時計に視線を落とす。時刻は午後三時を少し回ったところだった。

終業時刻まであと二時間もあるのか。諏訪野はため息をつく。これまでの研修医生活で、どうやって時間を潰《つぶ》そうかなどと考えたことはなかった。いつも仕事に追われ、深夜までかけずり回っていた。しかし、皮膚科研修をはじめてからの一週間で、何度もこのように時間を持て余している。

皮膚科選んだの、失敗だったかな……。

諏訪野は机に突っ伏した。純正医大の初期研修では、二年目の数ヶ月間、『選択科』として、希望した科で研修ができる。将来どの科に行くにしても、様々な皮膚疾患を見ることは役に立つだろうと思い、諏訪野は一ヶ月間、皮膚科研修を選択していた。

「どうしたの、諏訪野ちゃん。軟体動物みたいにぐにゃぐにゃしちゃって」

声をかけられ、慌てて姿勢を正して振り返る。いつの間にか、背後に指導医の桃井《ももい》佐恵子《さえこ》が立っていた。柔らかくウェーブした明るい茶色の髪に、白衣の上からでも分かるグラマラスな体形。顔立ちは整っているが、化粧がかなり濃いため年齢不詳だ。

「あ、桃井先生、お疲れ様です。いえ、ちょっとストレッチを……」

愛想笑いを浮かべると、桃井はピンク色の口紅が塗られた唇の端を皮肉っぽく上げる。

「暇で嫌になっていたんでしょ」

図星を指され言葉に詰まる。桃井は隣のデスクの椅子に腰掛けると、ゆったりと脚を組んだ。

「まあ、うちの病棟はほとんど患者いないからね」

午前は桃井の外来を見学していたのだが、午後は入院患者の回診や処方、カルテ書きなどを行う病棟業務に当たっていた。しかし、皮膚科の入院患者は皮膚癌の術後患者が三人いるだけで、病棟を担当する医者の方が遥《はる》かに多い。そのため、業務は一時間も経たずに終わってしまう。

「やることがないと、なんか不安なんですよね」

首をすくめると、桃井は「あはは」と声を上げて笑った。

「まだ研修医なのに、すでにワーカホリック気味ね」

「たしかに、そうですね」

馬車馬のように働かされることに慣れてしまい、感覚がおかしくなっているのかもしれない。

「うちの科は拘束時間が短いから、自分の時間を確保できるし、経験を積めば、患者の皮膚を見ただけでほとんどの疾患を診断できるようになる。さらに産休・育休もしっかりとれるし、その間に参考書なんかで勉強することで臨床能力を上げることも可能。つまり、いまだに男社会の医者の世界では珍しい、女性に優しい科なのよ。けれど、倒れるまでバリバリ働きたいって考えの人には、ちょっと物足りないかもね」

女性に優しい科か……。納得しつつ、ふと諏訪野は目の前の指導医が結婚しているのかどうか知らないことを思い出し、桃井の左手の薬指に視線を落とした。

「……なんでいま、私の左手見た？」

低い声が響き、桃井の顔から潮が引くように笑みが消えていく。

「いえ、べ、別に」

「ま、いいけどさ。たしかにうちの科って、基本的に病棟業務は暇だけど、とある患者が入院してくると外科顔負けの忙しさになるのよ」

「とある患者？　それってどういう？」

「それは……」

桃井が答えようとしたとき、電子音が鳴り響いた。桃井は「ちょっと待ってね」と白衣のポケットから院内携帯を取り出して顔の横に当てる。

「はい、桃井ですけど。……はい、……はい。私が主治医ですね……。いまは救急部に？……はい、分かりました」

携帯をポケットに戻した桃井は、意味ありげに微笑んだ。諏訪野は「な、なんですか？」と思わず身を引く。

「諏訪野ちゃん、もってるね。ちょうどその『とある患者』が救急搬送されてきて、私たちが担当になったわよ」

桃井は椅子から立ち上がると、「行くよ」と諏訪野を促す。

「あの、それってどんな患者なんですか？」

桃井は小さく肩をすくめた。

「熱傷、つまり火傷《やけど》の患者よ」

2

これ……、マジで大変だ……。

翌日の昼前、抗生物質入りの軟膏《なんこう》と火傷からの滲出液《しんしゅつえき》で汚れた包帯を慎重に外しながら、諏訪野は桃井に言われたことを思い出していた。

昨日、桃井と救急室に到着すると、右下《みぎか》腿《たい》の裏側に重い火傷を負った若い女性が搬送されて来ていた。守屋《もりや》春香《はるか》という名のその女性の治療を、桃井とともに担当することになったのだが、それは想像より遥かに重労働だった。

熱傷は感染に弱い。そのため点滴で抗生剤を投与するだけでなく、火傷全体に抗生物質入りの軟膏を厚く塗布しなくてはならない。

さらに、火傷でダメージを受けた部位の毛細血管からは液体成分が大量に染み出してくる。栄養分に富むその液体を放置すると、微生物が増殖しやすい環境になってしまうため、頻繁に滲出液が染み込んだ包帯を外し、軟膏を塗りなおしては、新しい包帯を巻く必要があった。

また、大量の滲出液が体外に漏出し、同時に熱で破壊された細胞から細胞内液が漏れだすため、血中の電解質バランスが狂いやすく、一日に数回採血をしては、それが乱れていないか確認することも重要だ。

諏訪野と桃井は昨日から病院に泊まり込み、数時間ごとに包帯交換と採血を行っている。今日、桃井は一日中外来に当たっているので、いまは諏訪野一人で処置をしなくてはならなかった。

包帯が傷にくっついて出血しないよう、慎重に剝《は》がし終えた諏訪野は、大量の軟膏を火傷の上に塗っていく。表皮は完全に焼け落ち、皮下組織が赤く爛《ただ》れて痛々しかった。

「すみません、お手数をおかけして」

上体を起こしながら、春香が弱々しく声をかけてくる。

「気にしないでください。できるだけ綺麗《きれい》に治るように、しっかり治療しますからね」

全身に溜《た》まっている疲労に気づかれないよう、諏訪野は明るく言った。

「ちょっと手を滑らせただけで、こんなひどい火傷になるなんて……」

春香は鼻の付け根にしわを寄せた。聞くところによると、揚げ物をしている最中に鍋《なべ》の油をこぼしてしまい、それが足にかかったということだった。

人目につく場所ではないと言ってもつらいだろうな。特に女性にとっては……。

諏訪野は春香の気をそらそうと、雑談をしながら軟膏を塗っていく。そのとき、火傷の端に汚れのような染みを見つけ、処置用手袋で軽くこすった。

「痛っ！」

春香の悲鳴に慌てて手を引く。

「すみません、痛かったですか？」

「はい、……でも大丈夫です」

諏訪野はもう一度「すみません」と謝ると、新しい包帯を巻いていく。抗生剤入りの軟膏をしっかり塗っているのだ、あの程度の汚れで感染することはないだろう。また傷を洗浄する際に落とせばいい。

三十分ほどかけて処置を終えた諏訪野は、細く息を吐いた。

「処置は終わりました。娘さんを呼びましょうね」

「はい、お願いします」春香の表情がかすかに明るくなる。

ベッドの周囲に引かれていたカーテンを開けると、その外に置かれた椅子で絵本を読んでいた少女が勢いよく顔を上げる。春香の五歳になる一人娘、守屋花南《かなん》だった。

「終わったの？」

花南は諏訪野の脇を通過してベッドに近づく。春香は微笑むと、ベッドから手を伸ばして娘の頭を撫《な》でた。

「それじゃあ、次は夕食後に包帯を替えに来ますね」

汚れた包帯が載った処置用のカートを引いて病室から出る。ナースステーションに戻った諏訪野は、使った器具を片付け、電子カルテを開いて処置の記録を書き込むと、何となしにカルテを読み返していった。ディスプレイに、搬送されてすぐの火傷を写した写真が現れる。

赤黒く焼け爛れている下腿の写真に、唇が歪《ゆが》んでしまう。桃井の話では、かなり火傷の範囲が広く深いので、皮膚移植が必要だろうということだった。

寝不足でしょぼしょぼする目でディスプレイを眺めていた諏訪野は、ふと違和感をおぼえて身を乗り出す。口から「……え？」と声が漏れた。

「お待たせー、諏訪野ちゃん」

唐突に背中を叩《たた》かれ、前のめりに曲げていた背中が伸びる。振り返ると、いつの間にか桃井が背後に立っていた。午前の外来を終え、病棟に上がってきたらしい。

「お腹すいちゃった。お昼行こう」

「あの、桃井先生。ちょっとこれを見てもらえますか」

諏訪野はディスプレイに表示されている火傷の写真を指さす。

「ん？　なに？」

「守屋さんって、料理中に油をこぼして火傷したはずですよね。だとすると、この写真っておかしくないですか？」

写真では、膝《ひざ》までたくし上げられたロングスカートから、痛々しい火傷を負ったふくらはぎが覗《のぞ》いていた。

「どこがおかしいの？」

「だって、受傷時にこんな足首まで隠れそうなロングスカートを穿《は》いていたなら、油はスカートの上からかかったはずじゃないですか。けれどこの写真では、スカートに油の染みはありません。そもそも、服に煮えたぎった油を浴びたら、すぐに脱ぐのが普通じゃないですか？」

「油のかかった服を脱いで、救急隊が来る前にロングスカートに着替えたってことじゃない？　下着が丸出しじゃ恥ずかしいでしょ」

「俺も最初そう思いました。けれど、あれだけの大火傷ですよ、そんなことする余裕ないんじゃ。それに、料理中に油がかかるとしたら、体の前面で、太腿《ふともも》より上だと思うんです。ふくらはぎに限局して火傷するなんて、あり得ない気がします」

「……諏訪野ちゃんは何が言いたいの？」

桃井の声が低くなる。諏訪野は息を吐くと、声をひそめて言った。

「多分、……守屋さんは嘘をついています」

3

「守屋さんって専業主婦なんだっけ？」

桃井が親子丼の鶏肉《とりにく》を箸《はし》でつまむ。

「いえ、たしか派遣でＯＬをしているとか」

ざるそばをたぐりながら諏訪野が答えた。病棟をあとにした二人は地下にあるそば屋、通称『地下そば』で昼食を取っていた。

「ふーん、ＯＬさんかぁ。じゃあ共働きで、あの可愛い娘さんは普段は保育園に預けているってことね」

桃井は口の中に鶏肉を放り込んだ。

「いえ、かなり前に離婚していて、いまはシングルマザーらしいです。養育費とかは貰《もら》わず、守屋さんの給料だけでやりくりしているそうです。経済的にはかなり苦しいみたいですね」

「そんなことまで看護記録に書いてあったっけ？」

桃井が不思議そうに首をかしげる。

「さっき包帯を交換しているとき、雑談をして色々聞きました」

「諏訪野ちゃんって、患者さんから話を聞き出すの本当に上手よね。なんだろ、その人畜無害そうな顔にみんな騙《だま》されるのかしら」

「別に騙しているつもりはないんですけど」

「君、けっこう皮膚科も向いているかもよ。うちの科は外来がメインだから、患者さんの話をしっかり聞けることが大切なの。それに諏訪野ちゃん、人当たりがいいから、うちの科みたいな女中心の世界でも上手《うま》く生きていけそうだし」

それってかなり気を遣いそうだよな。唐突な勧誘に、諏訪野は「どうも」と愛想笑いを浮かべる。

「そんなに警戒しないでよ。うちは医局員が十分に足りているから、強引な勧誘はしないって」

医局員不足で青息吐息の外科が聞いたら卒倒しそうなセリフだな。そんなことを思っていると、桃井は丼《どんぶり》を持ち上げ、中身を一気にかき込んだ。

外見に似合わない見事な食べっぷりに思わず見入っている諏訪野の前で、桃井は丼を置き、「さて」と手を合わせる。

「料理中に油をこぼしたわけじゃないとしたら、なんで守屋さんが嘘をつく必要があったの？」

「はっきりとは分かりませんけど……」

そばを食べ終えた諏訪野は、つけ汁にそば湯を注ぎながら考える。

「たぶん、なにか知られたくないことがあるんだと思います」

そのとき、隣の席でスポーツ新聞を広げていた中年医師が、一緒に食事をしている医師に声をかけた。

「おい、昨日またこの近くで放火があったのかよ。最近多くないか？」

「またですか？　まだ犯人は逮捕されていないんですね」

若い医師が興味なさそうに答えた。諏訪野と桃井は顔を見合わせる。

「まさか……ね」

頬を引きつらせる桃井の前で、諏訪野はポケットからスマートフォンを出してニュースサイトを確認する。記事はすぐに見つかった。

「昨日の午後三時ごろ、ここの病院から二キロぐらい離れた住宅街のゴミ捨て場で放火があったみたいですね。火はすぐに消し止められて、怪我人はいないそうです。ただ、近所では先々週から不審火が相次いでいて、これで六件目だとか」

「昨日の午後三時ごろ……」

桃井は天井あたりに視線を送りながらひとりごつ。彼女が何を考えているか、手に取るように分かった。

春香が救急搬送されてきたのは午後三時半ごろだ。午後三時に放火をした際、誤って火傷《やけど》を負ってしまい、帰宅して着替えてから救急要請をしたとすれば時間が合う。

「桃井先生、もしかして……」

「ダメよ、諏訪野ちゃん。こんな不確かな情報で患者さんを疑ったりしたら。医者の仕事は患者さんを疑うことじゃなく、治療すること。わかった？」

桃井は硬い表情で首を左右に振った。

「……はい」

ためらいがちに頷《うなず》くと、諏訪野はそば湯で割ったつけ汁を口の中に流し込んだ。


桃井と昼食を取った数時間後、ナースステーションの隅で諏訪野は古びた紙カルテを捲《めく》っていた。それは七年前、まだ純正医大附属病院が電子カルテ化していなかった頃の守屋春香の入院記録だった。

二時間ほど前に午後の病棟業務を終えた諏訪野は、守屋春香について情報を集めはじめた。すると、七年前に耳鼻科に数日間入院していたことがわかり、諏訪野は地下にある保管室から、その際のカルテを持ち出してきたのだった。

「もう少し、綺麗《きれい》に書けよな」

思わず愚痴が零《こぼ》れる。開いているページにはミミズがダンスを踊っているような、文字なのか落書きなのか分からない線が記されていた。おそらくは英語の筆記体なのだろうが、古代の象形文字だと言われても信じてしまいそうだ。

それでも、この一時間ほど必死に解読を試みて、ある程度の情報を得ることができた。七年前、春香は「急に右耳が聞こえなくなり、ひどいめまいがする」と訴えて耳鼻科外来を受診、検査の結果、突発性難聴と診断されていた。

突発性難聴は文字通り、突然、片耳が聞こえにくくなる原因不明の疾患で、発症後時間が経つほど治癒率が下がるため、早期の治療が重要とされる。主な治療は安静とステロイドの投与で、症状がひどい場合は入院治療になることも少なくない。

春香の難聴とめまいはかなりひどかったようで、五日間入院していた。その後、治療の甲斐《かい》あって聴力は改善し、めまいも消えて退院となったらしい。

諏訪野はカルテの後ろに綴《と》じられている検査結果のページを捲る。聴力や平衡感覚の検査結果があった。

「ＭＲＩもやっていないのかよ」

唇が歪《ゆが》む。難聴やめまいがひどくて入院したなら、内耳や脳に異常がないか確認するために、一般的にはＭＲＩを撮影する。しかし、その検査結果はなかった。これだけ読みにくいカルテを書くような主治医だ。検査も適当だったのかもしれない。

諏訪野はカルテを閉じると掛時計を見る。時刻は午後七時近くになっていた。

「そろそろ、また包帯を替えないとな」

カルテをしまい、処置用のカートを押してナースステーションを出る。

春香の入院している病室の前に来ると、中から中年の男と幼い少女の二人連れが出てきた。病室に向かって手を振っている男にカートをぶつけそうになり、諏訪野は「おっと」と声を上げる。

「あっ、申し訳ありません」

男が首をすくめた。

「いえ、こちらこそ」諏訪野は頭を軽く下げる。

柔らかく微笑んだ男は、隣に立つ少女に「それじゃあ、行こう」と促す。そのとき、男と手を繋《つな》いでいる少女が、春香の娘の花南だということに諏訪野は気づいた。

春香さんはシングルマザーのはず。じゃあ、あの男は？

離れていく二人の背中を見送った諏訪野は、首を捻《ひね》りながら病室に入っていく。四人部屋の右奥に置かれた春香のベッドの周りだけ、目隠しのカーテンが開いていた。

「包帯交換に来ました」

処置用カートとともにベッドに近づいた諏訪野は、周囲のカーテンを引く。

春香は「わざわざすみません」と、ベッドサイドのテーブルの上にあった湯呑《ゆのみ》を、床頭台の電気ポットのそばに片付けると、身を乗り出してテーブルとパイプ椅子に手を伸ばす。

「ああ、僕がやりますから大丈夫ですよ。そういえば、さっき花南ちゃんと一緒に出て行った男性って、どなたなんですか？」
パイプ椅子を畳みながら、諏訪野はできるだけさりげなく訊《たず》ねた。

「ああ、鍋島《なべしま》さんですね。職場の上司です。花南を私の母のところまで送ってくれるんです」

春香の表情がほころぶ。それを見て、春香と男との関係に気づいた。たんなる上司が、花南と楽しそうに手を繋ぐわけがない。おそらくは恋人なのだろう。

納得しつつパイプ椅子とテーブルを脇によけると、「失礼します」と春香が下半身にかけている布団を捲った。包帯を巻いた右下腿《みぎかたい》が露《あら》わになる。数時間前は真っ白だった包帯は、滲出液《しんしゅつえき》で黄色く変色していた。

包帯を外しはじめた諏訪野は目をしばたたく。しっかり巻いたはずの包帯がかなり緩んでいた。しかも、基本的な手順を無視しているかのように、かなり雑な巻かれ方をしている。

疲れていたからって俺、こんな適当な巻き方したんだ……。反省しつつ包帯をすべて外すと、傷の状態を確認する。昨日よりは、だいぶ赤みも減ってきている。感染している様子もないし、問題はないだろう。

小さく頷いて抗生剤入りの軟膏《なんこう》を塗ろうとした諏訪野は、チューブを手にしたところで動きを止めた。

「どうかしましたか？」不安げに春香が訊ねてきた。

「いえ、ちょっと……。あ、守屋さん、少しこのまま待っててもらっていいですか？傷の状態をカメラで撮っておけって指示されていたのを忘れてまして」

素早く病室を出てナースステーションに行くと、記録用のデジタルカメラを持って戻った。

「お待たせしました。それじゃあ、ちょっと撮らせてもらいますね」

諏訪野はカメラを構える。シャッターボタンを押す指がかすかに震えた。


「火傷が広がっている⁉」

桃井の声がナースステーションに響き渡る。数人の看護師が何事かと視線を向けてきた。諏訪野はあわてて、口の前で人差し指を立てる。

「あっ、ごめん。けれど、どういうことなの、火傷が昨日より広がっているって」

「これを見てください」

諏訪野は白衣のポケットから二枚の写真を取り出し、テーブルの上に置いた。

十五分ほど前、春香の火傷の処置を終えてナースステーションに戻って来た諏訪野は、すぐにデジタルカメラに記録した画像をプリントアウトした。それが終わるとタイミングよく、外来と書類の整理を終えた桃井が様子を見にナースステーションにやって来た。

桃井は目を細めると、テーブルの上の写真を見比べていく。それらは、救急部に搬送されてすぐに撮られた春香の火傷の写真と、ついさっき諏訪野が撮った写真だった。

「……この部分。たしかに、ここの火傷が新しくできているわね」

桃井は諏訪野が撮った写真の一部を指さす。間違いなく、その部分に新しい火傷が生じ、傷の大きさがわずかに増していた。

「受傷後一日以上経って、火傷が広がるなんてことあり得るんでしょうか？　熱でダメージを受けていた細胞が、時間が経ってから壊死したとか……」

「そんなことあるわけないでしょ」

「すみません」

「別に諏訪野ちゃんを責めているわけじゃないのよ。けれど、私も二十ね……、それなりに皮膚科医をやってきているけど、一日経ってから火傷が広がるなんて見たことがない」

予期せず桃井の年齢を知ってしまった動揺に気づかれないようにしつつ、諏訪野は「ですよね」と相槌《あいづち》を打つ。

「少なくとも、この火傷《やけど》は入院後に負ったものよ。問題は、なんでそんなことが起きたのかね」

「さっき包帯を交換したとき、やけに適当な巻き方をしているなと思ったんです。疲れた自分がやっつけ仕事をしたんだと思っていましたけど、もしかしたら違ったのかも」

「誰かが包帯を解《と》いて、守屋さんに火傷させてから巻きなおしたっていうこと？」

諏訪野が頷《うなず》くと、桃井は険しい表情を浮かべて腕を組んだ。重い沈黙が周囲に満ちる。たっぷり三分は黙り込んだあと、桃井が口を開いた。

「昼に包帯を替えてからさっきまでの間に、守屋さんに面会したのは誰だか分かる？」

「ちょっと待ってください」

諏訪野はナースステーションの受付に行くと、そこに置かれた面会者名簿を捲《めく》っていく。

「二人だけですね。娘の花南ちゃんと、鍋島っていう男だけです」

「鍋島？」

「守屋さんの職場の上司らしいです。さっきすれちがったとき、花南ちゃんと手を繋いで帰っていきました。たぶん、守屋さんの恋人でしょうね」

「他に守屋さんを訪ねた人はいないのね？」

「名簿によると、その二人だけです」

「だとすると、その鍋島っていう男が怪しいわね。もしかしたら、最初に火傷したのにも、その男がかかわっていたのかも」

「守屋さんが恋人からＤＶを受けていたってことですか？　けれど、いくら何でもあんなにひどい火傷を負わせるなんて……。それに、わざわざ病院に面会に来て、さらに火傷させるなんておかしくないですか」

「そうよねぇ。ねえ、守屋さんの職場ってどこにあるの？」

「え？　職場ですか？　はっきりとは聞いていませんけど、この付近だと思いますよ。花南ちゃんのこともあるんで、自宅から近い会社で事務員をやっているって言っていましたから」

「ということは、鍋島っていう男もこの近くに勤めているのよね。守屋さんの上司なんだから」

「もしかして桃井先生、鍋島さんが放火にかかわっているとか考えています？」

「あり得ない話じゃないでしょ。放火はこの周辺で昼に起こっている。その鍋島っていう男が営業職とかだったら、外回りに行くついでに放火をしていたのかも。そして、それを知ってしまった恋人の守屋さんにＤＶをはじめた」

「あまりにも話が飛躍しすぎですって」

「飛躍しているかもしれないけれど、入院中の患者さんが誰かに危害を加えられた可能性が高いのよ。主治医としてそれを黙って見逃すわけにいかないでしょ」

桃井の表情が険しくなる。

「ですよね……。それじゃあ、どうしましょうか？」

「決まっているじゃない」桃井は廊下に視線を向けた。「本人から話を聞くのよ」

4

「お話ってなんでしょうか？」

火傷を負っている脚をかばいながら病状説明室に入った春香は、殺風景な室内を不安げに見回しながらパイプ椅子に腰掛ける。テーブルをはさんだ対面に、諏訪野と桃井が座った。

「すみません、守屋さん。今後の治療方針についての説明と、あと少し伺いたいことがありまして」

愛想よく桃井が言うと、春香は小さく頷いた。

「まず、火傷の具合ですけれど、現在のところ感染の兆候もなく、順調だと思います。ただ、昨日もご説明した通り、かなり範囲が広いので体の他の部分から皮膚を採取し、引き伸ばしたうえで火傷の部分に張り付ける皮膚移植を行う必要があります。その手術に関しましては、火傷の状態が落ち着いてから日程を決めたいと思います」

「はい、分かりました」

桃井は軽く咳払《せきばら》いをすると、春香の目を覗《のぞ》き込んだ。春香の表情に緊張が走る。

「いま説明したように、火傷の具合は問題ありません。一点を除いて」

桃井が視線を送ってきた。諏訪野は白衣のポケットから二枚の写真を取り出し、テーブルの上に置く。

「この写真は、昨日、守屋さんが救急外来に搬送されたときのものと、さっき諏訪野先生が撮影したものです。よく見ると火傷の範囲が、昨日より少しだけ大きくなっています」

春香は表情をこわばらせたまま、無言で二枚の写真を凝視していた。

「守屋さん」

桃井に声をかけられ、春香の体が大きく震えた。

「説明していただけますか？　なんで火傷が大きくなったのか。いや、なんで新しい火傷を負ったのか」

春香は無言のままうつむく。桃井は大きく息を吐いた。

「面会記録を調べたところ、今日あなたと面会したのは、娘さんの花南ちゃん、そして……職場の上司だという鍋島さんという男性だけです」

「もしかして、鍋島さんが私に火傷をさせたと思っているんですか⁉」

春香の声に怒りが滲《にじ》む。

「その可能性も否定できないとは思っています。少なくとも、誰かがこの数時間のうちにあなたに火傷を負わせた。その間にあなたに接触できたのは、鍋島さんと花南ちゃん、そしてこの病院の職員だけです」

桃井は唇を舐《な》めると言葉を続けた。

「病院の職員にはあなたに火傷を負わせる理由がありませんし、もしそんなことをすればあなたは助けを求めるはずです。けれど、それをしなかった。そうなると、あなたは誰かをかばっている可能性が高い。近しい誰かを」

「なんで、鍋島さんが私に火傷をさせるっていうんですか！　あの人は優しい方です。そんなことは絶対にしません！」

「では、どうして火傷が大きくなったんですか？」

「……そんなの、どうでもいいじゃないですか。私が気にしていないんですから」

消え入りそうな声でつぶやく春香を、桃井は見つめる。

「私たちには入院患者さんの安全を守る義務があります。もし院内で誰かに火傷をさせられたなら、それは傷害事件です。場合によっては警察に通報して、安全を確保しないといけません」

「警察……」春香の顔が青ざめていく。

「私も、できることなら大事にしたくはありません。ですから、教えてください。いったい何があったのか」

再びうつむいた春香に、桃井は柔らかく声をかける。一分以上黙り込んだあと、春香はゆっくりと顔を上げた。その顔からは表情が消え去っていて、まるで能面を被《かぶ》っているかのようだった。

「自分でやりました」

「自分で？」

「はい、そうです。ポットで沸騰させたお湯をかけて、火傷させたんです」

「なんでそんなことを？」

「なんとなく、そんな気分だったからです。だから、誰も私に危害を加えてなんていません。警察も呼ぶ必要はありません」

硬い声で言うと、春香は椅子から立ち上がり、足を引きずりつつ扉へと向かう。

「あっ、ちょっと待って」

桃井がひき止めるが、春香は「失礼します」と部屋から出て行った。扉の閉まる音が部屋の空気を揺らす。

「……行っちゃいましたね」

諏訪野がつぶやく。桃井は「行っちゃったわねえ」と、背もたれに体重を預けた。

「警察の話が出たとき、かなり狼狽《ろうばい》していましたね。やっぱり誰かをかばっているんですかね」

「そんな感じよね。でも、鍋島って人のことを疑ったときは、本気で怒っていた気もした。もしかしたら、違う人が犯人なのかも」

「けれど、ナースステーションの前を通らないと病棟には入れませんよ。あそこには事務員がいて、患者と医療関係者以外には面会者名簿に名前を書くように声をかけますし」

「事務員だって席を外すことはあるでしょ。その隙に侵入したとか」

「誰がやったにしても、傷害事件には違いないですよね。……警察に連絡しますか？」

「うーん、本人が自分でやったって言い張っている以上、簡単には通報できないわよねぇ」

「本当に自分でやった可能性はないですか」

「自分で火傷《やけど》を？　なんで？」

桃井はまばたきをする。

「精神的に追い詰められたときに、発作的に手首を切る人とかいるじゃないですか」

「発作的に手首を切るのと、包帯を外して火傷させてまた包帯を巻きなおすのじゃ、根本的に違うと思う。すごく手間をかけて、新しい火傷を必死に隠そうとしているのよ。発作的な行動とは思えない」

「ですね……」

腕を組んだ諏訪野はふとあることに気づく。もし誰かがやって来て、春香に火傷を負わせたのだとして、そのとき花南はどうしていたのだろうか？　花南は昼前から、さっき鍋島が連れて帰るまで、ずっと病院にいた。春香が誰かに火傷を負わされているときは、売店にでも行くように言われていたのだろうか？

そこまで考えたところで恐ろしい想像が脳裏をよぎり、体が震える。

春香と一緒に住んでいる花南の行動範囲は、この周辺、つまり放火が起きている地域だろう。もしかしたら、花南が放火犯で、その犯行を止めようとして春香は火傷を負ったのでは？　そして、数時間前、親子の間で何かトラブルがあり、花南は再び母親に火傷をさせた。

そう考えれば、自分がやったと春香が言い張るのも理解できる。一人娘を守るためなら、必死になるのも当然だ。

そんなことあり得ない。そう自分に言い聞かせようとするのだが、頭の中では不吉な想像が膨らんでいく。

「どうしたの、急に黙り込んじゃって？」

「いえ……、なんでもありません」

無理やり笑顔を作った諏訪野を見て、桃井は小首をかしげる。

「まあ、警察に通報するかは明日《あした》以降考えるとして、いまは守屋さんの治療に専念しましょう。今夜は私が当直だから、包帯の交換はやっとくよ。諏訪野ちゃんは帰って休んでいいよ。疲れたでしょ」

「いえ、あの……、俺も残ってもいいですか？　いろいろ調べたいんで」

首をすくめながら提案した諏訪野を数秒間見つめたあと、桃井は皮肉っぽい笑みを浮かべた。

「いいけど、とりあえずシャワー浴びて髭《ひげ》を剃《そ》りなさいね。皮膚科医は清潔感が大切なんだから」


　眠い……。医局のデスクでパソコンの画面を眺めながら、諏訪野はしょぼしょぼする目をこする。時刻は午後十一時になるところだった。昨日も泊まり込みであまり眠っていないため、さすがに瞼《まぶた》が重い。

この数時間、インターネットで放火事件についてひたすら調べたのだが、ほとんど収穫はなかった。

「諏訪野ちゃん、なにか分かった？」

振り返ると、眼鏡をかけ大きなマスクをつけた桃井が近づいてくる。さっき化粧を落としに洗面所に行ってから、ずっとこの恰好《かっこう》だ。よほど素顔を見られたくないらしい。

「いえ、これといって」

「そんなに簡単にはいかないわよね。やっぱり念のために警察に報告しておいた方がいいのかしら。また守屋さんに危害が加えられてからじゃ遅いし」

「桃井先生はＤＶの可能性が高いと思っているんですか？」

「まあ、状況から見るとね」

「けれど、あんなひどい火傷を負わされるようなＤＶを受けていたら、以前にも怪我とかで救急受診してそうなものじゃないですか。けれど、この数年間、守屋さんの受診記録はないんですよ。記録にあったのはこれだけです」

諏訪野はデスクの上に置かれた紙カルテを手に取ると、ページを捲《めく》っていく。

「七年前に突発性難聴で数日間入院しています。このカルテに……」

諏訪野の指の動きが止まった。

「どうしたの？」

「なんで、ＭＲＩを撮らなかったんだ……」

桃井が「何を言っているの？」と首を捻《ひね》るのを横目に、必死に思考を巡らせる。大きくなった火傷、油のついていなかったロングスカート、そして撮影されなかったＭＲＩ。ばらばらのピースが一つに集まっていく。

諏訪野は息を呑《の》みながら、デスクの上に置かれていた写真を手に取る。それは、救急部で撮影された春香の火傷の写真だった。

想像が間違っていなければ……。次の瞬間、目的のものを見つけた。諏訪野は写真をデスクに置くと、天井を仰ぐ。

「ちょっと、どうしちゃったのよ、諏訪野ちゃん。ちょっと怖いんだけど」

諏訪野は大きく息を吐くと、軽く身を引く桃井と視線を合わせた。

「桃井先生、分かりました！　なんで火傷が大きくなったのか！」

5

「なんなんですか、こんな夜中に。包帯を替えるんじゃないんですか？」

病状説明室に入った守屋春香は、不機嫌そうにつぶやく。まもなく日付が変わろうかという時間、諏訪野と桃井は「さっき、話はしたじゃないですか」と渋る春香を説得し、再びこの部屋に連れてきていた。

「それで、どういったご用件なんですか？」

椅子に腰を下ろした春香は、警戒心をあらわにする。数時間前と同じように、テーブルをはさんだ対面に諏訪野と桃井は座った。

諏訪野は横目で、バッチリとメイクを施した桃井の様子を窺《うかが》う。数十分前、諏訪野が気づいたことについて説明を受けた桃井は、三十分近く時間をかけて化粧をし直していた。

桃井が目配せをすると、二人は事前の打ち合わせ通り、深々と頭を下げた。

「まずは謝らせてください。鍋島さんが守屋さんに火傷を負わせたなんていう、馬鹿なことを口にしてしまったことについて」

桃井から謝罪され、春香は拍子抜けしたような表情を浮かべた。

「えっ、それじゃあ警察には……」

「もちろん通報なんてしません。そんな必要ないですから」

桃井が顔を上げる。こわばっていた春香の表情に、安堵《あんど》が広がっていった。

「分かってくれたんですね。火傷が大きくなってなんかいなかったって」

「いえ、火傷は大きくなっていました。それに、最初の火傷も、あなたが説明したように、料理中にうっかり油をこぼしたものじゃありません」

「何を……？」春香の表情が再びこわばっていく。

「ここから先は、諏訪野先生に説明してもらいます。今回のことに気づいたのは彼なので」

指名された諏訪野は、軽く咳払《せきばら》いをして話をはじめた。

「最初の違和感は、七年前にあなたが突発性難聴で入院した際に、ＭＲＩの撮影をしていないことでした。カルテの記録によると、あなたは難聴だけでなく激しい回転性のめまいも訴えていた。その場合、他の検査で突発性難聴が強く疑われたとしても、内耳障害や脳血管障害の可能性も考え、ＭＲＩを撮影するのが普通です。けれど、あなたはＭＲＩを受けなかった」

「……主治医の怠慢じゃないですか？」

「ええ、最初はそう思っていました。けれど、他の可能性に気づいたんです。そして、この写真を見て、自分の想像が当たっていることに気づきました」

諏訪野は白衣のポケットから、二枚の写真を取り出す。昨日と今日の、春香の火傷《やけど》を撮った写真。諏訪野は昨日の写真を指さした。

「これは救急部で撮影した、あなたの火傷の写真です。よく見ると、火傷の端にかすかに黒ずみがあります」

「たんなる汚れです」

「いえ、違います。今日の昼、僕が包帯を替えた際も、この黒ずみはありました。守屋さんの火傷は、救急部で感染予防のためしっかり洗浄されています。汚れが残っているわけがありません。そして……」

諏訪野はもう一枚の写真を指さす。

「今日の夜に撮った写真では、その黒ずみは見られません。その代わり、同じ部分に新しい火傷ができています。つまり、火傷が広がったのはこの黒ずみを消すためだったんです」

諏訪野が言葉を切ると、せまい部屋に沈黙が降りた。硬い表情で写真を見据えた春香の唇が、かすかに動く。

「誰かが、その黒ずみを消すために私に火傷をさせたっていうんですか？」

「いえ、違います」諏訪野は静かに言う。「火傷を広げたのは守屋さん、あなた自身です。数時間前にあなたが告白したことは、本当だったんです」

春香はまるでその言葉が聞こえていないかのように、まったく反応しなかった。諏訪野は言葉を続ける。

「昼の包帯交換の際、黒ずみのことを僕に気づかれ、あなたは焦った。そして、花南ちゃんをトイレかどこかに向かわせた隙に包帯を外し、自分で火傷を作って黒ずみを消した。さっきのお話通り、ポットの熱湯を使ったんでしょう」

「そんなこと……」

「それだけじゃありません。昨日負った大きな火傷も、油をこぼした事故なんかではなく、あなたが自分でやったものです。スカートを捲って、自分の右のふくらはぎだけに油か熱湯をかけた。だからこそ、救急部に搬送されたときにロングスカートが全く汚れていなかったんです」

「なんで自分にこんなひどい火傷をさせるっていうんですか！　そんなことする意味がないじゃないですか！」

春香は身を乗り出すと、苦しそうに声を絞り出す。

「いえ、意味はあります。七年前にＭＲＩが撮影されなかったこと、そして火傷の端にあった黒ずみ。その二つを考えると、答えは一つしかありません」

諏訪野は言葉を切ると、まっすぐに春香の目を見た。

「守屋さん、あなたのふくらはぎにはタトゥーが彫られていましたね」

春香の顔に、痛みに耐えるかのような表情が浮かんだ。

「ＭＲＩ検査は強力な磁力に晒《さら》されます。なので、染料に鉄粉などが使われていることがあるため、タトゥーが入っている場合は検査が行えません。鉄粉が発熱して、火傷を起こすことがあるから。これが七年前、あなたがＭＲＩ検査を受けなかった理由です」

肩を落とし黙り込んだ春香を見ながら、諏訪野は感情を交えない口調で話し続ける。

「火傷の端にあった黒ずみ、あれは汚れなどではなく、消しきれなかったタトゥーだったんですね」

諏訪野が水を向けるが、春香は虚《うつ》ろな視線をテーブルに落とすだけで、反応しなかった。

「なんで、そこまでしてタトゥーを消す必要があったの？　七年以上前からあったんでしょ？」

硬直した空気を壊すかのように、桃井が声を上げる。桃井には、春香本人が火傷でタトゥーを消したということしか説明していなかった。桃井の化粧に時間がかかりすぎて、説明する暇がなかったのだ。

「これはあくまで想像ですけれど、鍋島さんとのことが関係しているんじゃないでしょうか」

春香の体が大きく震えた。その反応で自分の想像が正しいことを確信した諏訪野は、無言のまま春香を見つめる。春香は観念したかのように、力ないため息を吐いた。

「……二週間前、鍋島さんに結婚を前提にした交際を申し込まれました」

注意しなければ聞こえないほどの小さな声で、春香は話しはじめた。

「とても嬉《うれ》しかったです。鍋島さんのことは尊敬していました。それに仕事中、花南は会社の保育室に預けているので、よく彼と顔を合わせていて、懐いていましたから。だから、交際をお受けしました。ただ、同時に戸惑いもしました。あまりにも突然のことですし、私には子供もいる。それに……」

「タトゥーのこともあった」

言葉を詰まらせた春香のあとを、諏訪野が引き継ぐ。春香はつらそうに顔をしかめながら頷《うなず》いた。

「はい……、まだ若かったころ、軽い気持ちで彫ったんです。ふくらはぎ全体に大きな薔薇《ばら》と、……その頃の恋人、別れた夫の名前を」

「それを、鍋島さんに見られたくなかったんですね」

「彼だけではなく、ご家族にもです。来週、彼のご両親とレストランでお食事をすることになりました。ドレスコードがあるようなお店です。タトゥーを隠しきる自信はありませんでした。鍋島さんは一人息子で、ご両親は教師をなさっています。ただでさえ、シングルマザーということで失望されるかもしれないのに、タトゥーまで見つかったら……。そうやって悩んでいるうちに混乱してきて、思わずふくらはぎに熱湯を……」

　春香は両手で顔を覆う。

「タトゥーなら、レーザーで消す方法もあったんじゃないの？」

　桃井が声をかけると、春香は弱々しく首を振った。

「もちろん、それについても調べました。けれど、タトゥー除去は自費診療で、私のぐらいの大きさになると百万円以上する場合も……。私にはとても払えません」

　納得したのか、桃井は渋い表情で口をつぐむ。

「私は、……退院しないといけないんでしょうか？」

　春香の肩が震えはじめる。狭い部屋に、か細い嗚咽《おえつ》が響きはじめた。

　数分経って、消え入りそうな声で春香が訊《たず》ねた。諏訪野は隣に座る桃井を窺《うかが》う。桃井は大きく息を吐いた。

「何を言っているの？　そんなわけないでしょ」

「でも、私は自分で……、それに、入院後も……」

「私が今回の件について調べたのは、あなたにこれ以上危害が及ばないか心配だったから。その危険がないと分かったなら、それでいいの」

「私を、治療してくれるんですか？」

桃井は充血した目を見開く。

「当たり前でしょ。私は皮膚科医で、あなたは私の担当患者なんだから。あなたの火傷をできるだけ綺麗《きれい》に治療するのが私の仕事。どんな理由で火傷したかなんて関係ない」

諏訪野は安堵《あんど》する。春香の表情もかすかに明るくなった。しかし、桃井は春香を見据えると「ただし」と続けた。

「これは医者としてじゃなく、人生の先輩としてのアドバイス。少なくとも恋人には、今回のことの真相を伝えるべきよ」

「なっ……!? そんなことできるわけないじゃないですか！」

「どうしてできないの？」

「だって、こんなことを知られたら、あの人に……」

「捨てられる。そう思っているのね」

桃井の顔に、慈愛に満ちた微笑みが浮かぶ。

「その鍋島さんは、同じ職場であなたと長く接したうえで、あなたにプロポーズしたんでしょ。そんな人が、昔のタトゥーぐらいであなたを捨てたりすると思う？」

「けれど……、今回、私は馬鹿なことをして……。自分で火傷《やけど》なんて……」

「馬鹿なことをしたと思ったら、そのことを正直に言って謝るべきよ。結婚っていうのは、相手の全てを受け入れること。きっと、あなたの恋人にはその覚悟があるはず。私はそう思う」

春香は口を固く結んで黙り込む。

「あなたは鍋島さんと一生をともにしたいと思った。だからこそ、発作的に今回のような行動に出てしまった。そこまでして一緒になりたい相手のことを、信じてあげてもいいんじゃないかしら」

桃井は立ち上がると、座っている春香に近づき、その背中に手を添える。うつむく春香の肩が再び震えだした。

「もちろん、決めるのはあなた自身よ。……さて、なんにしろまずはその火傷を治さないとね」

桃井は諏訪野に視線を送る。

「それじゃあ諏訪野ちゃん、とりあえず病室に戻って、守屋さんの包帯交換をはじめましょうか」

6

翌日の昼過ぎ、諏訪野はあくびをかみ殺しつつ処置用カートを押して病棟を歩いていた。昼の包帯交換の時間だ。

今回の件の真相が明らかになった直後と、今日の午前六時ごろ、諏訪野と桃井は春香の包帯を替えた。その間、ベッドに横たわった春香は天井を眺めたまま、一言も口をきかなかった。

恋人に真相を打ち明けるべきか否か、春香が苦悩している気配が強く伝わってきて、ほとんど声をかけることもできず処置を終えていた。

時刻は午後一時近い。今日は土曜なので、もしかしたらもう鍋島が面会に来ているかもしれない。

緊張しながら病室に入ろうとしたとき、中から小さな人影が飛び出してきた。

「あ、花南ちゃん」

声をかけると守屋花南は立ち止まり、「こんにちは」と挨拶《あいさつ》をする。

「こんにちは。あれ、どうしたの？　お母さん、部屋にいなかった？」

「ううん」花南は首を左右に振った。「お母さんと、鍋島のおじさんが泣いているから、出てきちゃった」

泣いている!?　まさか、春香が今回のことを告白し、二人は破局してしまったのか。

慌てて病室を覗《のぞ》き込んだ諏訪野は、そこで立ちつくす。

春香のベッドの周囲に引かれたカーテンの奥に、うっすらとシルエットが見えた。

固く抱き合う男女のシルエットが。かすかに、「いいんだ、全部許すよ」という声が聞こえ、思わず口元が緩んだ。

「花南ちゃん」諏訪野は振り返ると、花南に声をかける。「ちょっとお兄さんと一緒に談話室で待っていようか。ジュース買ってあげるよ」

花南は諏訪野を見上げながら、可愛らしい眉《まゆ》をひそめた。

「けど、知らないおじさんについて行っちゃダメって、お母さんに言われているから……」

「桃井先生、俺って老けていますかね？」

花南をナースステーションに預けて医局に戻った諏訪野は、デスクで当直日誌を書いている桃井に声をかける。今朝の包帯交換の際はマスクと眼鏡姿だったが、いまは普段のようにバッチリとメイクをしている。

「やぶから棒になに？　なにかあったの？」

諏訪野は病棟での出来事を説明する。春香が真相を告白し、鍋島がそれを許したことを聞くと、桃井は口角を上げた。

「まるくおさまったみたいで良かった」

「ええ、本当に。桃井先生の結婚論、すばらしかったです」

諏訪野が胸の中で「独身とは思えないぐらい」と付け足すと、桃井の目がすっと細くなった。

「何よ、その含みのある口調は？」

「いえ、べつに」

諏訪野は慌てて胸の前で両手を振る。

「ところで、放火犯、逮捕されたみたいよ」

桃井は鼻を鳴らすと、医局の隅にあるテレビを指さす。ワイドショーで『連続放火犯　逮捕』のテロップが出ていた。

「なんか、近くの高校生が遊び半分でやっていたらしいわね」

「はぁ？　なんですか、それ。迷惑な話ですね」

唇を歪《ゆが》める諏訪野に、桃井はいたずらっぽい視線を向けた。

「ああ、そうそう。さっき日直への引き継ぎで医局長に会ったんだけど、諏訪野ちゃんをうちの科に勧誘するように言われたわよ」

「え？　俺をですか？」

「そう。女性医局員ともなかなかうまくやっているし、病棟でのフットワークもいいいますかね？」
「いやあ……」諏訪野は愛想笑いを浮かべた。「俺って、そんなに皮膚科医に向いて
から、ぜひ皮膚科に来てほしいって」

「いいえ、全然向いていないわね」
予想外の答えに、諏訪野は軽く目をみはる。
「俺を勧誘するんじゃなかったんですか？」
「諏訪野ちゃんが本当に皮膚科医に向いていればね。でも、私は君が皮膚科に向いて
いるとは思わない。君は今回の件で、守屋さんの話をよく聞き、必死に過去を調べ、
そして真相にたどり着いた。あそこまで一人の患者さんに力を入れて診療に当たれる
人はあまりいない。けれど、皮膚科は外来で患者さんの皮膚の状態を視診して、でき
るだけ素早く診断を下していくのが一番の仕事なの。皮膚科外来は混むからね。君み
たいに、一人の患者さんをじっくり見る余裕は、残念ながらうちの科にはないの」
「なるほど……」
「まあ、自分の将来のことなんだから、ゆっくり考えなさい。まずは守屋さんの脚を
きれいに治してあげるわよ。結婚式で脚が見えるドレスでも着られるようにね」
「はい！」
ウインクしてくる桃井に、諏訪野は覇気のこもった声で答えた。

シンデレラの吐息

1

絶叫が室内に響き渡り、怒りと憎しみを湛《たた》えた視線に射貫《いぬ》かれる。その迫力に諏訪野良太は思わず後ずさりをした。

「ほら、諏訪野先生、採血終わったならすぐにスピッツに入れないと凝血しちゃいますよ。もう一回注射なんていうことになったら、この子がかわいそうでしょ」

ナースに声をかけられて我に返った諏訪野は、手にしているシリンジ内の血液をスピッツに移していく。その間もベッドに横になっている五歳の子供は、殺意に満ちた目で睨《にら》みつけてくる。

俺だって、好きで採血なんてしているわけじゃないよ。一刻も早く当直室で眠りたいんだ。

心の中で愚痴をこぼしながら、諏訪野は逃げるようにベッドから離れていった。

「これ、中央検査室に送ってください」

血液の入ったスピッツを事務員に手渡しながら、横目で掛時計を見る。時刻はすでに午前三時を回っていた。

昨日の朝七時過ぎに出勤してから二十時間近く、仮眠も取らず勤務している。全身がだるいし、頭は石でも詰め込まれているかのように重かった。

先月から小児科で研修を行っている諏訪野は今夜、指導医とともに小児科当直に当たっていた。

これまでに数回、小児科当直を経験したが、毎回朝までほとんど仮眠が取れないほど忙しかった。今晩も例に漏れず、立て続けに患児がやってきて、息つく間もない。

「お疲れだね、諏訪野君。採血は終わった？」

指導医の志村《しむら》が笑顔で声をかけてくる。ぼさぼさの髪と無精ひげ、白衣を着ていなければホームレスに見えそうな外見だが、これでも小児科病棟の病棟長だ。

「はい、終わりました」

「そうか。それじゃあ診察しようかな」

志村はついさっき諏訪野が採血をした少年が横たわっているベッドへと近づいていく。

「はーい、こんにちは。ちょっとだけ、もしもしさせてもらってもいいかな？」

志村が声をかけると、少年は警戒心を露《あら》わにしながらも、大人しく頷《うなず》いた。志村は少年の胸に聴診器を当てて診察をはじめる。

俺が診察したときはもっと怯《おび》えていたのに、さすがに本職は違うな。感心しているうちに志村は診察を終え、「ちょっとここで休んでいてね」とベッドから離れる。

「まあ、血中の酸素飽和度も胸部聴診も問題ないから、肺炎は起こしていないだろう。たぶん気管支炎だ。採血データを見て、問題なければ抗生剤と解熱剤を処方して帰ってもらえるね」

電子カルテの前に腰掛けた志村は、診察結果を打ち込んでいく。

「とりあえずこれで一段落かな。採血データが出るまではやることもないし、諏訪野君、仮眠を取ってきなよ」

「いえ、さすがに指導医を残して休めないですよ」

「そんなこと気にしてないで、休めるときに休んでおかないと体がもたないぞ。小児科の当直はハードなんだから」

「たしかに、これまでの当直の中でも断トツで忙しいです……」

「しょうがないよ。小さな子供は自分で症状をうまく伝えられないからね。大人みたいに、朝まで様子を見てから受診するとか、そういうことができないんだ。親御さんだって夜中に子供の調子が悪くなれば、不安ですぐに診てもらいたいと思う。というわけで、これから朝までまだまだ患児がやって来るぞ。そのときにしっかり診療するためにも、仮眠を取ってきな。検査データ出たら起こすから」

「志村先生は大丈夫なんですか？」

「僕が何年小児科医やってると思っているの。もう慣れたよ」

志村は得意げに唇の端を上げると、「いいから行きなって」と諏訪野を促す。

罪悪感をおぼえつつも、「じゃあ、お言葉に甘えて」と口にしようとしたとき、志村の首からぶら下がっている院内携帯が鳴った。辺りに緊張が走る。その院内携帯は救急隊との直通回線用のものだった。二言三言通話をした志村が視線を向けてくる。

「悪いね諏訪野君、仮眠は中止だ。これから喘息《ぜんそく》発作の子が救急搬送されてくる」

「姫井《ひめい》姫子《ひめこ》ちゃん、八歳。呼吸困難で救急要請。バイタルは酸素飽和度が酸素五リットル投与で九十七パーセント、血圧百三十八の八十四、脈拍百十二、呼吸数は……」

救急隊員の説明を聞きながら、諏訪野はストレッチャーを救急治療室へと運んでいく。搬送されてきたのは青い顔をした少女だった。後ろから、両親らしき中年の男女が、不安げな表情でついてきていた。

耳を澄ますと、ストレッチャーの車輪の音に交じって、ヒューヒューという笛を吹くような音が鼓膜を揺らす。喘鳴《ぜんめい》、気道が狭窄《きょうさく》している際に聞こえる呼吸音だった。聴診器も使わずに聴取できるところからすると、かなりひどい喘息発作を起こしている。

「それじゃあ、ベッドに移すぞ。一、二の、三」

志村の合図で、諏訪野やナース、救急隊員たちが少女の体を処置用のベッドに移し替える。

「諏訪野君、採血と点滴ルートの確保をお願い。点滴が取れたらすぐにステロイドの投与を。僕は動脈採血を行う。あと、酸素を十リットルで流して、吸入の準備を」

志村が早口で指示を飛ばし、諏訪野とナースたちが素早くそれに従っていく。

早く発作を抑えてあげないと。点滴の準備をしつつ、諏訪野は歯を食いしばった。

「三歳ぐらいのときから喘息になって、何回か入院したことがありました。ただ、小学校に入ってからはあまり発作を起こさなくなっていたんです。けど、一年ぐらい前からまた……。この一年で三回も入院しているんです」

喘息で搬送されてきた姫井姫子の母親である姫井裕子《ゆうこ》は、奥のベッドに横たわる娘にちらちらと視線を送りながら、辛《つら》そうに言う。その隣には夫である姫井洋介《ようすけ》が腰掛け、裕子の背中を優しく撫《な》でていた。

「今回も念のため入院した方がいいでしょうね。かなり強い発作だったので。ただ、ひどい状態は脱しましたんで、とりあえず安心してもいいですよ」

　志村が柔らかい声で言うと、こわばっていた裕子の表情がわずかに緩んだ。

　搬送されてきた少女は吸入と点滴治療により症状が改善し、いまは酸素を投与しなくても問題ないほどに呼吸状態が回復していた。呼吸苦から解放された少女が眠りについたのを見た志村と諏訪野は、不安げに治療を見守っていた少女の両親に話を聞きはじめていた。

「ちなみに、当院にかかるのは初めてみたいですね」

　わきに置かれている電子カルテを操作しながら、志村がつぶやく。

「はい、普段は自宅のそばにある小児科のクリニックでお薬をもらっています。入院はこれまで近くの総合病院だったんですが、今晩はそちらの病院が一杯で診察できないということで」

「それで、当院に搬送されたというわけですね」

「はい、いきなり飛び込みで診てもらうのは申し訳ないと思ったんですが」

「そんなこと気にしなくていいんですよ。娘さんの苦しい症状を取り除いてあげるのが最優先ですから。とりあえず、今後の予定としましては、発作がしっかり治まっているかを確認しつつ……」

志村が柔らかい口調で説明をはじめると、姫井夫婦は安堵《あんど》した様子で耳を傾けた。

親をこうやって安心させるのも、小児科医の実力だよな。志村が病状の説明をする様子を諏訪野は横目で眺める。

「それじゃあ、このあとナースから入院の説明をさせていただきますね。ちなみに、いま姫子ちゃんが内服している薬の内容って分かりますか？」

一通りの説明を終えた志村が言うと、裕子は慌ててバッグを探る。

「お薬手帳を持ってきています」

「お預かりしますね」

裕子から薬手帳を受け取った志村は、会釈をして席を立ち、姫子が眠っているベッドに向かう。諏訪野も志村の後を追った。

「おっ、けっこうがっちり投薬されているな。ステロイドとベータ刺激薬の吸入に、抗ロイコトリエン薬、あとテオフィリン製剤も入っている。まあ、これだけひどい発作を起こす喘息なら当然か」

志村は薬手帳を眺める。

「テオフィリン製剤って最近はあまり使わないですよね」

「それほど効果が高くないわりに、血中濃度が高くなると吐き気とかの副作用を起こすからね。ただ、年配のドクターはけっこう使っているよ。諏訪野君、念のために検査項目に血中テオフィリン濃度も追加しておいて」

「はい、分かりました」

「それじゃあ、ちゃっちゃと姫子ちゃんの入院手続きをしないとね。あと、さっきの気管支炎の子の検査データを確認したら、今度こそ仮眠を……」

　志村がそこまで言うと、中年の看護師がつかつかと近づいてきた。

「志村先生、この子の治療をしている間に、患児が五人受診に来て、いま外来待合で待っています。こちらが落ち着いたら、診察をお願いしますね」

　看護師はさっさと離れていく。志村はこりこりとこめかみを掻《か》いた。

「あー、諏訪野君、悪いけど……」

　志村は諏訪野に薬手帳を手渡す。

「はい、入院手続きはやっておきます。それが終わったら、診察を手伝います」

　肩を落としつつ、諏訪野は仮眠をあきらめたのだった。

午前八時の当直終了時間を迎え、志村とともに引き継ぎを終えた諏訪野は、鉛のように重い足を動かして小児科病棟へと上がった。志村は九時から外来なので、彼が病棟に不在の午前中に、最低限の業務をこなしておくつもりだった。

顔見知りの病棟看護師に「ゾンビみたいな顔色していますよ」とからかわれつつ、諏訪野は細身の長身を左右に揺らしながらナースステーションを横切り、電子カルテの前に腰掛ける。

「そういえば諏訪野先生、さっき入院した姫井姫子ちゃんの点滴、もう少しで終わりますけど、続けますか？」

さっきからかってきたナースが、うってかわってまじめな口調で訊《たず》ねてくる。

「あっ、姫子ちゃんの点滴ね。どうしようかな……。ちょっと待ってね」

諏訪野は姫子のカルテを選ぶと、救急部で行った採血の結果を画面に表示する。朝五時過ぎに入院手続きを終えたあとも、絶え間なく患児が押しかけたため、まだデータを確認できていなかった。

白血球の増加は少しだけだし、炎症所見もそれほど強くない。呼吸器感染症が原因で喘息《ぜんそく》の発作が起きたっていう感じじゃないな。とりあえず、すぐに抗生剤を投与する必要はないかな。

頭の中で病状を整理しながら検査データをスクロールしていた諏訪野の指が止まる。

「……え？」

「どうかしました？　姫子ちゃんの点滴、どうするか決まりました？」

看護師が急《せ》かすように声をかけてくるが、返事をすることができなかった。視点が検査項目の一つに吸い付けられる。

「なんでこんなことが……」

ディスプレイを見つめたまま、諏訪野は呆然《ぼうぜん》とつぶやいた。

2

「テオフィリンが検出されなかった？」

ペンを動かす手を止めて訊《き》き返す志村に、諏訪野は頷《うなず》く。

「はい、中央検査室にも確認しましたが、姫井姫子ちゃんの血中テオフィリン濃度はゼロだったということです」

午前中で、担当患児の回診やカルテの記入、点滴や内服薬の処方などの業務を終えた諏訪野は一階の小児科外来に下り、外来を終えて診断書の記入を行っていた志村に報告をしていた。

「それじゃあ、姫子ちゃんはテオフィリンを内服していなかったっていうことか？」

「そうだと思います。あれでしょうか？　もしかしたら、副作用で気持ち悪くなるから止めていたとか？」

「だとしたら、昨日の時点でお母さんがそう説明すると思うけど」

首を捻《ひね》った志村は数秒黙り込んだあと、低い声でつぶやく。

「……服用していなかったのは、テオフィリンだけだったのかな？」

「え？　どういうことですか？」

「姫子ちゃんの処方を見ただろ。担当医はかなりしっかりと投薬をしていた。普通なら、あれだけすればそんなにひどい発作は起こさないはずだ。起こすとしたら、感染症によって呼吸器に強い炎症が起きたときぐらいだな」

「けど、血液データからは、感染の所見はありませんでしたよ」

「ああ、咽頭《いんとう》や喀痰《かくたん》の培養結果を見ないと確定はできないけれど、たしかに検査データは感染症っぽくない。それなのに、救急搬送されるような強烈な喘息発作を起こした。だからふと思ったんだ。もしかしたら、テオフィリンだけじゃなく、他の薬も全く服用していなかったんじゃないかって」

「え？　そんな馬鹿な」

「お母さんの話を聞いたとき、ちょっと違和感をおぼえたんだよ。小児喘息は年齢が上がってくるにつれ、症状が軽くなっていくことが多い。姫子ちゃんも小学生になるころにはほとんど発作を起こさなくなっていた。それなのに、一年前からまた症状が悪化して、入院をくり返すようになった」

「けど、それって生活環境が変わったからとかじゃないですか。空気が悪いところに引っ越したとか……」

「僕もそう思っていたけど、テオフィリンが検出されなかったことを考えると、怠薬が疑わしい」

怠薬、必要な薬を自己判断でやめること。その結果、一度は治まった症状がぶり返したり、かえって悪化したりすることが少なくない。

けれど、あの母親が……。娘のことを心配し、青ざめていた姫井裕子。諏訪野には彼女が、怠薬をするようなタイプの母親とは思えなかった。

「なんにしろ、まずは姫子ちゃんとご両親に話を聞こう。もうすぐ診断書の記入も終わるから、先に病棟で待っていて」

「……はい」

もやもやした気持ちをおぼえながら、諏訪野は小児科外来をあとにして、病棟へと戻っていく。

エレベーターで小児科病棟のある七階へと上がり、ナースステーションに向かっていると、背後から「あっ、諏訪野先生」と声をかけられた。振り返ると、スーツ姿の中年の男が笑みを浮かべながら小走りで近づいてきた。

一瞬、入院している患児の父親かと思ったが、すぐに面会時間は午後二時からだということを思い出す。

「えっと……」

「あ、お忘れですか、寂しいなぁ。百治《ももじ》製薬のMRの灰崎《はいざき》です」

男が明るい口調で自己紹介するのを聞いて、相手が誰だか思い出す。MRと呼ばれる、製薬会社の営業担当者の一人だ。

「あ、どうも……」

諏訪野は曖昧《あいまい》に挨拶《あいさつ》をする。MRは医局や外来、病棟など、病院のあらゆる場所で医師を待ちかまえ、捕まえては積極的に自社製品のアピールをしてくる。それが仕事なのだから仕方ないのは分かっているが、今日のように当直明けで疲労が溜《た》まっているときなどはあまり相手をしたくはなかった。

「先日、先生が呼吸器内科を回っているとき、弊社の製品について説明させていただきましたよね。あの製品の小児への適応が認められたので、ぜひ小児科の先生がたにもご紹介させていただこうと思いまして」

灰崎は愛想よく言う。

「はあ、でも研修医の俺に説明しても意味ないですよ。投薬内容は基本的に指導医が決めますから」

「先生も来年には、一人前のドクターとしてどちらかの科に所属するでしょう。そのときに弊社の製品を診療のお役に立てていただけたらなぁと思いまして」

「青田買いってやつですか」

諏訪野は苦笑する。

「それで、紹介したい製品ってなんでしたっけ？」

「吸入のステロイド剤です」

灰崎が答えるのを聞いて、あることを思いつく。

「ステロイド剤……。あの、ちょっといいですか？」

諏訪野は灰崎を促して、すぐわきにある病状説明室へと入る。説明を聞いてもらえると思ったのか、灰崎は笑みを浮かべると、いそいそと部屋に入ってきた。

患者や家族への病状説明に使う四畳半ほどの狭い部屋に入ると、諏訪野は灰崎に向き直る。

「ちょっと訊きたいことがあるんですけど」

「はい、なんでしょう？　あ、ちなみにこれがパンフレットになっています」

灰崎は手にしていた紙袋から製品パンフレットを取り出し、諏訪野に押しつける。

「従来の製剤に比べまして、ステロイドの粒子が小さくなっていまして、末梢《まっしょう》の肺胞までしっかり拡散を……」

「あ、あの、ちょっと待ってください」

自社製品のアピールをはじめた灰崎を、諏訪野は慌てて遮る。

「この製品は知っていますか？」

諏訪野は白衣のポケットから姫井姫子の薬手帳を取り出し、そこに記載されている吸入ステロイド剤を指さす。灰崎の眉根《まゆね》が寄った。

「ええ、まあ知っていますが、弊社の製品の方が抗炎症効果が……」

「製品の説明は後で聞きますから」

諏訪野は紙袋から資料を取り出そうとした灰崎を制する。

「もしこの薬を使っていた患者が、急に吸入を止めたらどうなりますか？」

「え、薬の使用を止めたらということですか!?」

灰崎は目を大きくしながら薬手帳を見る。

「八歳の子供に対しての最高量が投与されていますね。それだけ症状が重いということです。これくらいの薬を使う子が投薬を急に止めたりしたら、喘息の大発作や重積発作を起こすリスクがあります」

それまでの軽い口調から一変して、灰崎は低い声で言う。

「やっぱり、そうですよね」

担当する薬に関してなら、医者を遥《はる》かにしのぐ知識を持っているＭＲが言うのだから間違いないだろう。諏訪野は「ありがとうございます」と礼を言って部屋を出ようとする。

「あの、本当にその子は薬を止めていたんですか？」

灰崎に問われるが、諏訪野は曖昧に微笑んで病状説明室をあとにした。他人に患児の詳しい個人情報を漏らすわけにはいかない。小児科病棟のナースステーションに着くと、すでに志村が電子カルテの前に座っていた。

「ああ、諏訪野君、どこ行っていたの？」

「すみません、すぐそこでＭＲに捕まっていまして」

「ＭＲ？　まったく、医局とか外来ならともかく、病棟に来るのは遠慮してくれって、いつもお願いしているのに……」

渋い表情を浮かべた志村は、椅子から立ち上がった。

「それじゃあ、とりあえず姫子ちゃんに会いに行こうか」

諏訪野は志村とともに、姫子が入院している個室病室へと向かう。

「こんにちは、姫子ちゃん」

ノックをして扉を開けると、六畳ほどの病室に置かれたベッドに横たわっていた少女が上半身を起こした。

「姫子ちゃんの担当になった志村だよ。こっちは一緒に姫子ちゃんの病気を治してくれる諏訪野先生、よろしくね」

志村のゆったりとした口調は聞く相手に安心感を抱かせる。一瞬少女の顔に浮かんだ緊張の表情も、すぐに消えていった。

「姫子です。よろしくお願いします」

姫井姫子は行儀よく頭を下げる。搬送されてきたときは苦しそうに表情を歪《ゆが》めていたので気づかなかったが、かなり可愛らしい子だった。小さな顔に大きな目、形のいい鼻に、肩にかかる黒髪、同級生の男子にはかなりモテるだろう。最初にフルネームを聞いたときは、二つ『姫』の字が入っていることが少し不思議な気がしたが、顔を見るとそれほど違和感を抱かなかった。

「もう苦しいのはとれたかな？　体調は悪くない？」

志村が無精ひげの生えた顔に笑みを浮かべると、姫子はかすかに目を伏せた。

「息をするのは楽になりましたけど、まだなんとなく……体調が悪いです」

「そうだよね、あんなに苦しかったらしょうがないよね。何日か入院してもらうかもしれないけれど、しっかり治してあげるからね」

「はい！」

姫子は顔を上げると、嬉《うれ》しそうに返事をした。

「それで、姫子ちゃん。ちょっと訊《き》きたいことがあるんだけど」

志村の声がわずかに低くなる。

「姫子ちゃん、喘息《ぜんそく》のお薬はちゃんと飲んでいたかな？」

姫子の顔から、一瞬表情が消える。しかし、すぐに笑顔が戻ってきた。

「お母さんとお父さんが毎日くれるお薬、ちゃんと飲んでいます」

「そうか、お母さんたちがお薬をくれるんだね」

「はい、そうです」

「昨日とか一昨日《おととい》は誰がお薬をくれたのかな」

「お父さんです」

姫子ははっきりと答えた。志村は微笑みながら頷《うなず》く。

「そうか。教えてくれてありがとう。それじゃあ、ちょっとお胸の音を聞かせてもらってもいいかな」

志村は横になった姫子に聴診を行うと、「ありがとう。それじゃあゆっくり休んでいてね」と病室を出た。

「呼吸音は全く問題ないな。点滴はもうやめていいだろう。夕から内服と吸入に切り替えてコントロールしていこう」

「分かりました。あの、それで薬のことは……」

隣を歩く諏訪野が訊《たず》ねると、志村はぼさぼさの頭を掻《か》く。

「本人は両親から渡されたものをちゃんと飲んだって言っているな。それが本当なら……」

そこまで言ったところで、志村ははっと顔を上げた。諏訪野がつられて正面を見ると、見覚えのある中年女性が病棟に入ってきていた。姫子の母親、姫井裕子だ。面会開始時刻の午後二時になったので、姫子の様子を見に来たのだろう。

志村と諏訪野に気づいた裕子は、小走りで近寄ってくる。

「あの、姫子の様子はどうですか？」

「大丈夫ですよ。呼吸状態は良好です。しっかり薬が効いていますし、感染症にかかっている様子もありません。あと二、三日様子を見れば、退院できると思います」

「そうですか。ありがとうございます」

志村の答えを聞いて、裕子は安堵《あんど》の息を吐いた。

「ちょっと伺いたいのですが、姫子ちゃんのお薬の管理はどなたがやっていらっしゃいますか？」

「え？　薬の管理ですか？　朝は私、夕は私か夫の余裕がある方が姫子に薬を渡すようにしています。共働きなものですから」

「それでは、昨日や一昨日の夕は、どちらが姫子ちゃんにお薬を渡しましたか」

志村の目がすっと細くなる。姫子の夕分の薬には、一日一回のステロイド吸入やテオフィリンをはじめとする気管支の炎症を防ぐ内服薬が含まれている。朝よりも夕の薬の方が重要だ。何日か夕の薬の摂取を怠っていたとすれば、今回のようなひどい発作を起こしたことも、血中のテオフィリン濃度がゼロだったことも説明がつく。

「昨日と一昨日は……、夫が姫子に薬を渡したはずです。この一週間ぐらい、私は仕事が忙しくて帰るのが遅かったもので……」

裕子はためらいがちに言う。

「もしかして、薬を間違えて飲ませていたんでしょうか？」

「いいえ、そういうわけではありません。念のためにお訊ねしただけですから、気になさらないでください。お引き止めして申し訳ありません。姫子ちゃんに会ってあげてください」

「はあ」

裕子は曖昧《あいまい》に返事をすると、小さく会釈をして離れていった。その背中を見送りながら、諏訪野は小声でつぶやく。

「もしかして、お父さんが……」

「……分からない」

志村の声には深い苦悩の色が滲《にじ》んでいた。

体が軽い。

翌日、土曜日の昼過ぎ、諏訪野は軽い足取りで小児科病棟に向かっていた。当直明けの昨日は一日中体が重く、思考も鈍っていたが、一晩しっかり眠ることで体力気力ともに回復していた。

純正医大附属病院は土曜日も通常通りの勤務体制を敷いている。午前は志村の乳児健診を見学し、それが一段落したので病棟に上がってきていた。

「あっ、諏訪野先生」

ナースステーションの前を通過しようとすると、忙しそうに看護日誌を書いていた若い看護師が声をかけてくる。

「なに？」

「先生、姫子ちゃんの担当でしたよね。これ、姫子ちゃんに渡してくれませんか」

看護師はナース服のポケットから数枚の便箋《びんせん》を取り出した。

「なに、これ？」

「ついさっき、姫子ちゃんの学校の友達が数人来たんです。けれど、お見舞いできないって説明したら、じゃあってこれを預かったんですよ」

　小児科病棟は患児、そして見舞客両方に対する感染防御のために、十二歳以下の子供の見舞いは遠慮してもらっている。それを知らずに見舞いに来た友人が、仕方がないので手紙を渡すことにしたんだろう。

　諏訪野は手紙の表を見る。そこには『姫子ちゃんへ』『姫ちゃんへ』『姫子へ』という宛名《あてな》に交じって一つ、『シンデレラちゃんへ』と子供らしいやや崩れた文字が書かれていた。

「シンデレラ……？」

「なんか姫子ちゃんのニックネームらしいですよ。見舞いに来た子たちが言っていました」

　まあ、名前に二つも『姫』が入っているうえ、その名前に負けないほどの美形のあの子なら、たしかに似合うあだ名かもしれないな。そんなことを思っていると、遠くから「諏訪野先生！」という大きな声が響いた。見ると、ベテランの看護師が、廊下の奥で大きく手招きをしていた。

「どうしました？」

「早く来て！　姫子ちゃんが大変なの！」

　看護師は顔を紅潮させながら叫ぶ。

「姫子ちゃんが!?」

諏訪野は便箋をポケットにねじ込んで走り出した。看護師の脇をすり抜けて病室に入ると、姫子が苦痛に歪《ゆが》んだ表情で胸元を押さえていた。数メートル離れた諏訪野にさえ、ヒューヒューという苦しげな喘鳴《ぜんめい》が響いてくる。

救急搬送されたときと同じだ。喘息発作が起きている。諏訪野は慌てて振り返る。そこには、ベテラン看護師と、便箋を預かっていた若い看護師が立っていた。

「すぐに酸素投与を。点滴ラインを取ってステロイドを投与します。あと、気管支拡張薬とステロイドの吸入も行います。小児科外来に連絡して、志村先生にも来てもらってください」

研修医になってからの一年数ヶ月の経験が、いま取るべき行動を教える。指示を受けた看護師は、頷くと素早く動きはじめた。

「大丈夫だからね、姫子ちゃん。すぐに楽になるから」

ベッドの脇に近づいた諏訪野は、姫子の額に浮かんだ脂汗を拭《ぬぐ》った。

「まさか、またこんなに強い発作が起こるなんて……」

病室の入り口で志村がつぶやく。その視線の先では、姫子がベッドに横たわり、小さな寝息を立てていた。

諏訪野の的確な治療により、姫子の発作はすぐに治まった。呼吸が楽になって安心したのか、それとも発作で体力を使ったせいか、十五分ほど前から姫子は眠り込んでいた。

「点滴をやめるのが早すぎたんでしょうか？」

諏訪野が訊ねると、志村は目元を押さえる。

「そうなのかもしれない。けれど、僕の経験上、あれほどしっかり発作が治まっていれば、点滴をやめても内服と吸入だけでコントロールできるはずなんだよ」

志村は強く唇を噛《か》んだ。病室に重い空気が充満する。そのとき、小さなノックが響き、扉が開いた。

「あの、姫子ちゃんの血液検査の結果出ました」

若いナースが検査結果の用紙を差し出す。治療を開始する際、諏訪野は点滴ラインを確保するついでに、念のために採血も行っていた。

「あとですね。昨日も来たＭＲさんが、諏訪野先生とお話ししたいって病棟に来ているんですけど」

「いまは暇がないから、後日話を聞くって言っといてください」

顔をしかめて言うと、看護師は「はーい」と部屋から出ていった。

「まったく、こっちは忙しいっていうのに」

ぼやきながら検査結果に視線を落とした諏訪野の喉《のど》から、くぐもったうめき声が漏れる。

「どうした？」

不思議そうに訊《たず》ねる志村に、諏訪野は震える指で用紙の一部を指した。志村の目が大きく見開かれる。『テオフィリン』の項目、そこには『0』の数字が記されていた。昨日と同じように。

「そんな馬鹿な。念のため、昨日の夕食後の処方に、テオフィリンを出していたはずだ。なのになんで……」

志村はうめくようにつぶやく。

「……まさか」

諏訪野はふらふらと病室の奥に進むと、姫子を起こさないように注意しながらベッドのそばにしゃがみ込んだ。そこには小さなゴミ箱が置かれていた。

慎重に中に入っているゴミを取り出していく。

「なにをやっているんだい？」

「……志村先生、これを見てください」

諏訪野はゴミ箱の底を指さす。そこには、数個の錠剤が捨てられていた。

「どういうことなんだ？」

ナースステーションの隅で椅子に腰掛けた志村が、苛立《いらだ》たしげに髪を掻《か》く。白いふけがぱらぱらと舞った。

ゴミ箱に薬が捨てられていたことを確認した諏訪野と志村は、それらの薬を回収してナースステーションへと戻っていた。

「姫子ちゃんは昨日の夕の薬を摂取していない。だから、今日また喘息《ぜんそく》発作を起こした。そういうことですよね」

隣の椅子に腰掛ける諏訪野に、志村は鋭い視線を送ってくる。

「それは分かっているよ。問題は、なんで薬が捨てられていたかだ」

「ですよね……」

頷《うなず》いた諏訪野は振り返って、さっき便箋を渡してきた若い看護師に声をかける。

「昨日って、誰が姫子ちゃんの担当していたっけ？」

「え？　私ですよ」看護師は自分を指さす。

「それじゃあ、姫子ちゃんに薬を渡したのも？」

「ええ、私が渡しました」

「いえ、そのときはご両親がお見舞いに来ていたんで、お母さんに渡しました。なにか問題がありましたか？」

「いや、そういうわけじゃないんだ。念のため確認だけど、薬を渡したときには、姫子ちゃんのお父さんとお母さん、二人とも面会に来ていたんだよね」

「ええ、そうですよ。家族三人、仲良さそうでした」

看護師はそう答えると、自分の仕事へと戻っていった。

「両親に渡した薬が、なぜかゴミ箱の中に捨てられていたってわけか……」

志村が硬い声でつぶやく。

「父親か母親、どちらかが薬を捨てたってことですかね」

「もしくは、両親が共謀したかだな」

「そんな馬鹿な。そもそも、親がなんで薬を捨てるんですか？」

志村は薬に視線を注いだまま口を開いた。

「可能性は二つある。一つは強い医療不信を抱いている場合だ。薬を使っても娘の疾患はよくならない、いや、それどころか悪化すると考えていれば、医者が出した薬を拒否するかもしれない。実際、根拠のない書物や噂に影響されて、そういう思想を持つ人間は一定数いるしね」

「じゃあ、姫子ちゃんの両親も……」

「いや、多分違うだろうな。それなら、姫子ちゃんが定期的に近くのクリニックを受診していることに説明がつかない。医療を敵視するような人間は、基本的に医療施設に近づかないものだ。僕が一番疑っているのは、もう一つの、……最悪の可能性だよ」

「最悪の可能性？　それって、なんですか？」

諏訪野がつばを飲み込むと、志村が喉の奥から声を絞り出した。

「代理ミュンヒハウゼン症候群だ」

「代理ミュンヒハウゼン症候群って、たしかそれって精神科の……」

諏訪野が絶句すると、志村は重々しく頷いた。

「そう、精神疾患の一種とされているね。ミュンヒハウゼン症候群は周囲の関心や同情を引くために、自分の体を傷つけたり、重い疾患にかかっていると見せかけるものだ。そして代理ミュンヒハウゼン症候群は、文字通り自分の『代理』の者を傷つけ、その人物を献身的に看病する姿を他人に見てもらおうとする。そして、その『代理』として最も多いのが……自分の子供だ」

背筋に冷たい震えが走る。

「それじゃあ、親がわざと薬を与えなかったせいで、姫子ちゃんは喘息発作を起こしたってことですか？」

「状況から見ると、その可能性が高い気がする」

「そうだとしたら、このあとどうするんですか？」

「投薬をしなければ喘息発作を起こすと分かっていながら薬を与えなかったとしたら、医療ネグレクト、虐待の一種とみなすことができる。その場合は、警察と児童相談所に通報する必要があるな」

「でも、そうだっていう証拠は……」

歯切れ悪くつぶやく諏訪野を、志村の鋭い視線が射貫《いぬ》く。

「虐待が少しでも疑われるケースは、明らかな証拠がなかったとしても、通報するのが基本だ。取り返しのつかない事態になってからじゃ遅いんだ」

「取り返しのつかない事態……」

「代理ミュンヒハウゼン症候群の場合、行動がエスカレートしていくケースが少なくない。早い段階で対処しないと」

「あの……、本当に代理ミュンヒハウゼン症候群だったとして、父親と母親、どちらが薬を捨てたんでしょう」

「そうだな……。状況からすると父親の可能性が高い気がする。あくまで母親の言い分を信じればだけど、最近は父親が夕の薬を姫子ちゃんに渡していた。昨日も、ナースが薬を渡しに行ったときに、父親もいたということだし」

話を聞きながら、姫子が運ばれてきたときのことを思い出す。あのとき、ストレッチャーに横たわる姫子を、父親は不安そうに見守っていた。本当にあの彼が姫子から薬を取り上げたのだろうか？

「あっ、姫子ちゃん」

諏訪野の思考は、看護師の甲高い声で遮られる。見ると、姫井姫子がナースステーションの外に立っていた。

「ダメでしょ、お部屋で寝ていないと。苦しくない？」

看護師が慌てて姫子に駆け寄る。姫子は「うん、大丈夫」と頷くと、こちらに視線を向けた。

「先生、私、明日《あした》お家《うち》に帰らないといけないの？」

志村は立ち上がって姫子に近づき、しゃがみ込んで彼女と視線の高さを合わせた。

「そんなことないよ。姫子ちゃんがしっかり元気になるまで、病院でゆっくり治していこうね」

不安げだった姫子の表情がぱっと輝くのを見て、諏訪野は無意識に白衣のポケットに手を忍ばせ、そこに入っている数枚の便箋《びんせん》に触れた。

便箋の宛名《あてな》に記された『シンデレラちゃん』という言葉、最初は姫子にお似合いの可愛らしいニックネームだと思っていた。しかし、もしかしたらその裏に恐ろしい由来が隠されているのではないだろうか。

シンデレラは継母《ままはは》にいじめられ、家では悲惨な生活を送っていた。姫子も家でひどい扱いを受けているのでは？　だからこそ、入院が長引くと知って姫子は喜んだのではないだろうか。

そのとき、あることに気づき、諏訪野は「あっ」と声を漏らした。振り返った志村に、「なんでもないです」と誤魔化《ごまか》しつつ、いま思いついたことを頭の中でまとめていく。

よく考えたら、両親以外にもう一人、薬を捨てられる人物がいる。姫子自身だ。薬をもらったとしても、それを飲まずに捨てたり、吸入するふりをすればいい。両親もまさか薬を捨てるとは思っていないだろうから、隙をつけば難しいことではないだろう。

なぜ、自分の薬を捨てるのか。簡単だ。そうすれば喘息発作を起こし入院できる、つまり家から離れられると知っているからだ。

家で虐待を受けていた姫子は、病院に逃げ込むためにわざと薬を摂取しなかった。昨日の薬を捨てたのも、そうしないとすぐに退院することになり、家に帰らないといけなくなるから。

　恐ろしい想像が頭の中を駆け巡る。

「姫子ちゃん、お母さんは好きかな？」

　志村の声で諏訪野は我に返る。姫子に話しかける志村の顔は笑っていたが、その目には真剣な光が灯《とも》っていた。きっと、姫子が家で虐待を受けていないか、確認しようとしているのだろう。諏訪野はつばを飲んで姫子の反応を待つ。

「うん、大好き！」

　姫子は屈託ない笑みを浮かべる。そのごく自然な態度に、諏訪野は小さく安堵《あんど》の息を漏らした。少なくとも母親に虐待されているようなことはなさそうだ。

「それじゃあ、お父さんは好き？」

　続けざまに、志村は訊《たず》ねる。一瞬、視線を泳がせたあと、姫子は笑顔のまま頷いた。

「うん、好き」

　ついさっきほどの勢いはなかったが、姫子の様子に不自然さはおぼえなかった。しかし、答えるまでのわずかな間が気になった。

「そうなんだ。姫子ちゃん、パパのことも好きなんだね」

　諏訪野は姫子に念を押す。

「うん、パパ大好き！」

今度はまったく迷うそぶりを見せず、姫子は元気よく答えた。そこに無理をしている気配は感じられなかった。もし両親のどちらかに虐待を受けていたとすれば、これほど積極的な答えは得られないだろう。

自分の想像が間違っていたと確信し、諏訪野は胸を撫《な》でおろす。ただ、完全に安心することは、まだできなかった。直接的な虐待を受けていなくても志村が想像したように、本人が気づかないような虐待、医療ネグレクトを受けている可能性はまだ否定できないのだ。

「そうか、きっとママとパパ、もうすぐお見舞いに来てくれるよ」

志村が言うと、姫子の表情がぱっと明るくなった。ついさっき、姫子の治療が一段落した後、諏訪野たちは姫子の両親に発作を起こしたことを報告した。驚いた彼らは「すぐに病院に行きます」と言って電話を切っていた。

「パパ、今日も来てくれるの？」

「うん、今日は土曜日でお仕事お休みだろうから、きっと来てくれるよ。だから、病室で待っていようか」

志村に促された姫子は、「はい！」と元気よく答えて身を翻す。そのとき、諏訪野は預かっていた便箋のことを思い出した。

「あっ、姫子ちゃん、ちょっと待って。お友達からお手紙が届いているよ」

足を止めた姫子にポケットから取り出した便箋を差し出す。姫子は「わぁ」と嬉《うれ》しそうにそれらを受け取った。

「姫子ちゃん、『シンデレラちゃん』って友達から呼ばれているんだね」

「うん。幼稚園からの友達は、そう呼ぶの」

諏訪野は少しはにかむ姫子を見て、両親にいじめられているからそんなニックネームが付いたという自分の想像が完全に間違っていたことに気づく。

「そうなんだ。可愛いあだ名だね」

姫子は少し頬を赤らめると、行儀よく頭を下げて自分の病室に戻っていった。

「……さて」

志村はうってかわって渋い表情で立ち上がると、ゆっくりとナースステーションの奥に戻っていき、受話器を取る。

「あの……、やっぱり通報するんですか？　姫子ちゃん、両親のこと好きだって言っているのに……」

諏訪野が首をすくめると、志村は硬い表情のままあごを引いた。

「代理ミュンヒハウゼン症候群の被害者は、自分が被害を受けていることに気づかないことが多いんだよ。だから、相手を嫌ったりしない」

志村は交換台の内線番号をダイヤルする。

やはり、姫子は医療ネグレクトの被害者なのだろうか？　両親から薬を与えられず、その結果、ひどい喘息《ぜんそく》発作を起こしたのだろうか？

考え込む諏訪野の脳裏に、姫子の友達が書いた便箋に書かれた宛名がよぎった。

『姫子ちゃんへ』『シンデレラちゃんへ』『姫子へ』『姫ちゃんへ』

諏訪野は大きく息を呑《の》むと、志村が交換台と会話をしている内線電話に手を伸ばし、フックを押して回線を切る。

「お、おい、諏訪野君、なにを？」

戸惑いの声を上げる志村に、諏訪野は向き直った。

「志村先生。誰が、なんのために薬を捨てたのか分かりました」

3

「すみません、お待たせしました」

病棟の隅にある病状説明室の扉を開く。四畳半ほどの狭い部屋の中には、志村と姫子の両親が険しい表情で座っていた。

「どういうことなんですか、こんな部屋に連れてきて。早く説明してください」

姫井洋介が硬い声で言う。テーブルをはさんで対面の席に腰掛けた志村も、渋い顔で「姫井さんの言うとおりだよ」と頷《うなず》いた。

十数分前、事件の真相に気づいた諏訪野が志村に説明をしようとしたとき、姫井夫婦が病棟にやってきた。慌てた諏訪野は、二人と志村をこの病状説明室に連れていき、そこで少し待っていてもらうように頼んでいた。

「すみません。お話をする前に、どうしても必要なことをしていたので」

諏訪野は首をすくめると、志村の隣の席に腰掛ける。

「必要なこと？　それより、姫子が発作を起こしたってどういうことなんですか？」

諏訪野の正面に座る裕子の口調には、責めるような響きがあった。諏訪野はちらりと隣に座る志村に視線を送る。本来なら、両親への病状説明は主治医である志村が行うべきだ。しかし時間がなかったため、まだ事件の詳細を志村に伝えることができていなかった。

志村は諏訪野と目を合わせると、小さく頷いた。諏訪野に説明する許可をくれたということだろう。

今回のような、虐待が疑われるようなケースでの話し合いを研修医に任せるなど、通常はあり得ないことだ。指導医からの信頼を嚙《か》みしめつつ、諏訪野はゆっくりと口を開いた。

「一時間半ほど前、姫子ちゃんがまた喘息発作を起こしたので、点滴と吸入で治療を行いました。現在は発作は治まって、症状も落ち着いています」

「入院しているのに、なんでまた発作が起きるんですか？　昨日の説明では、もう発作が起きる可能性は少ないから、飲み薬と吸入薬で様子を見ていくってことだったじゃないですか」

　裕子は強い口調で言う。

「その通りです。ただ、その薬が服用されていませんでした」

「服用されていない？」

　眉根《まゆね》を寄せる裕子の前で、諏訪野は大きく頷く。

「はい、さっき採血した血液データで、昨日飲んでもらったはずのテオフィリンが血中から検出されませんでした。昨日の夕にお渡しした薬が服用されていなかった。そのために、今日も発作が起こったんだと思います」

「そんなわけ……。検査が間違っているんじゃないですか？」

「いえ、検査結果は間違っていません。その証拠に、昨日の夕方に飲んでもらったはずの薬が、病室のゴミ箱から発見されました」

　淡々と説明すると、裕子と洋介は目を大きく見開いて絶句した。諏訪野は話を続ける。

「ちなみに、救急搬送されたときの採血データでも、テオフィリンは血中から検出されませんでした。つまり、自宅でも薬を服用していなかったため、今回の喘息発作が起きた可能性が高いです」

諏訪野は言葉を切る。狭い部屋に鉛のように重い沈黙が降りた。

「昨日、誰が薬を管理しているか訊《き》きましたよね……」

震える声でつぶやきながら、裕子は椅子から腰を上げた。

「もしかして、私たちが姫子に薬をあげなかったって疑っていたんですか⁉」

「あの……、落ち着いてください」

裕子の剣幕に圧倒され、諏訪野はのけぞる。

「落ち着けるわけないでしょ！　なんで私たちがそんなことをするんですか。薬を使わないと、姫子が大変なことになることは分かっているのに！」

裕子の頰は紅潮し、その血走った目には悔しさのせいか、涙が浮かんでいた。隣に座っていた洋介も、怒りの形相を浮かべて立ち上がる。

「それについて、諏訪野先生がこれから説明をします。まずは座ってください」

どうしていいか分からず、諏訪野が混乱しかけた瞬間、志村が腹の底に響く声で言った。姫井夫妻は一瞬、気圧《けお》されたように顔をこわばらせた後、渋々と椅子に腰をかけた。

「それじゃあ、諏訪野先生、続きをお願いします」

志村は慇懃《いんぎん》に言う。諏訪野は心からの感謝を込めて「ありがとうございます」と指導医に囁《ささや》くと、裕子を見た。

「確認したいことがあるんですが、よろしいでしょうか？」

「……なんですか？」

裕子はふて腐れたようにつぶやく。

「とても失礼な質問ですが、お二人は姫子ちゃんの実のご両親でしょうか？」

夫婦の表情が引きつった。その様子を見ながら、諏訪野はしゃべり続ける。

「今日、姫子ちゃんの友達が手紙を持ってきました。その宛名《あてな》を見て気づいたんです。誰一人として、姫子ちゃんの苗字《みょうじ》を書いていないって。それに、姫子ちゃん自身も、自己紹介のときに苗字を名乗りませんでした。最初はあえて、『姫井姫子』と、『姫』が二つある名前にしたのかと思っていました。けれど……」

「そうです。主人は姫子とは血は繋《つな》がっていません」

裕子は硬い口調で、諏訪野のセリフを遮った。

「三年前に離婚して、私が姫子を引き取りました。そして、去年洋介さんと再婚したんです。それまでの苗字は『近藤《こんどう》』でした」

「すみません、ぶしつけな質問をして」

諏訪野は小さく頭を下げる。

「ちなみに、これも確認ですが、姫子ちゃんが喘息で入院し出したのは、お二人が結婚したあとのことですね」

「それがどうしたっていうんですか？　もしかして、主人が姫子の薬を捨てたとでも思っているんですか？　そんなわけないです。主人は姫子のことをすごく可愛がってくれていますし、姫子だって主人に懐いています」

「分かっています。さっき、姫子ちゃんも『お父さんが好き』と言っていました。洋介さんが薬を捨てていたなんて思っていません。もちろん、裕子さんも」

諏訪野がはっきり言うと、姫井夫妻の表情がかすかに柔らかくなった。

「それじゃあ、いったい誰が薬を……？」

両親のどちらかが代理ミュンヒハウゼン症候群だと考えていた志村が、戸惑いの声を上げる。諏訪野は大きく息を吐くと、この部屋にいる三人の顔をゆっくりと見まわした。

「姫子ちゃん本人です。姫子ちゃんが飲むふりをして、薬を捨てていたんです」

「姫子が⁉」

洋介が驚きの声を上げる。

「はい、そうです。それ以外に考えられません」

諏訪野が大きく頷くと、裕子が再び椅子から腰を浮かした。

「待ってください！　なんで姫子がそんなことをするんですか？　あの子だって、薬を使わないと喘息《ぜんそく》発作が起こるって分かっているのに」

「それこそが目的だったんですよ。喘息発作を起こして、病院に入院する。そのために姫子ちゃんは薬を捨てていたんです。昨日の薬を捨てたのも、このままだとすぐに退院しないといけなかったからです。思い出してみたら、さっき入院が長引くと伝えたとき、姫子ちゃんはすごく嬉《うれ》しそうでした」

「そんな……」洋介が震え声で言う。「姫子はそんなに家にいたくなかったっていうんですか。あんなに苦しい思いをしてまで家から離れたかったなんて……。そこまで嫌われていたなんて……」

裕子が慌てて、震える夫の肩に両手を置く。

「違う！　姫子はあなたのことを嫌ってなんかいない。そりゃ、最初は緊張していたけど、いまはあなたのことを本当の父親みたいに思っているの」

「それなら、なんで入院してまで家を離れようとするんだ？」

両手で顔を覆ってうなだれる洋介に、諏訪野は「違いますよ」と声をかける。洋介は緩慢に顔を上げた。

「どういう意味ですか？」

「姫子ちゃんはさっき、お母さんのときほどの勢いはなかったですけど、お父さんが好きと言っていました。喘息発作を起こしてまで離れたい人に対して、子供がそんなことを言うとは思えません。姫子ちゃんは洋介さんのことを決して嫌ってなんていないはずです。姫子ちゃんは家から離れたかったんじゃありません。ただ、病院に来たかったんです」

「意味が分かりません。なんで、苦しい思いをしてまで入院をしたがるっていうんです」

裕子が噛《か》みつくように言うと同時に、ノックの音が響いた。入り口の扉がゆっくりと開き、スーツを着た中年の男が部屋に入ってくる。

「すみません、諏訪野先生、お待たせして……」

そこまで言ったところで、男は体を硬直させた。

「な、なんであなたが……」

口をあんぐりと開けた裕子が、震える指で男をさす。諏訪野は部屋に入ってきた男に視線を向けた。

「こんにちは、灰崎さん。あなたが姫子ちゃんの『パパ』ですね」

諏訪野は昨日この部屋で話をしたＭＲに声をかけた。

「パパ？　一体どういうことだ？」

志村が眉間《みけん》にしわを寄せる。

「百治製薬のＭＲの灰崎さんです。志村先生も見覚えあるんじゃないですか？」

諏訪野が紹介すると、志村は頭痛をおぼえたように額を押さえた。

「いや、たしかに灰崎君は知っているよ。よく医局に営業に来るから。けれど、いまなんでこの部屋に……？」

「あっ、さっき僕が呼び出したんです。昨日、名刺を貰《もら》っていたので。そもそも、さっきナースが言っていた、僕に用事があるっていうＭＲが灰崎さんだったんですよ」

「呼び出した？　どうして？」

「灰崎さんは、今回の事件に深くかかわっているからです」

「ちょ、ちょっと待ってくれ。全然状況がつかめない。一から説明してくれないか」

志村は弱々しく頭を振る。

「分かりました。最初に気づいたきっかけは、ＭＲの灰崎さんが今日も病院に来ていたことです。ＭＲは基本的に土日が休みです。それなのに土曜日の今日、灰崎さんは病院に来て、僕と話したいことがあると伝言を残していた。つまり、薬の営業以外で僕に用事があったってことです。そしてもう一つのヒントは、姫子ちゃんの『シンデレラちゃん』というニックネームでした」

「シンデレラ？　それがどうしたんだ？」

「シンデレラは『灰かぶり』という意味だったはずです。絵本の中には『シンデレラ』のことを『灰かぶり姫』と書いてあるものもあります」

「まさか……」

「はい、そうです。『灰崎姫子』、それが幼稚園のときの姫子ちゃんのフルネームだったんじゃないか。だからこそ、『灰かぶり姫』の絵本を見た子供が、『シンデレラちゃん』っていうニックネームをつけたんじゃないかと思ったんです」

諏訪野は横目で裕子に視線を向ける。

「……そうです。たしかに、灰崎は私の元夫。姫子の父親です」

裕子は硬い声で答えつつ、刃物のような目つきで灰崎を睨《にら》んだ。

「あなたが姫子の薬を捨てたの⁉　あなたが姫子をこんな目に遭わせたの⁉」

灰崎は唇を固く結んだまま、なにも言わなかった。

「やっぱりあなたなのね。何でそんなことを……」

灰崎に詰め寄った裕子は、スーツの襟を両手で掴む。

「違いますよ、裕子さん。灰崎さんはそんなことをしていません。そもそも、これはあくまで想像ですが、灰崎さんは娘さんと接触できなくなっているんじゃないですか？　あなたが旦那《だんな》さんと再婚してから」

諏訪野が訊《たず》ねると、裕子はばつの悪そうな表情になる。

「父親が二人いたら、姫子が混乱すると思ったんです。だから、……この人には姫子に会わないように頼みました。この人も同意してくれたんです。それが姫子のためだって」

「たしかに同意したのかもしれません。けれど、だからといって娘さんへの気持ちを簡単に捨てられるわけがない。灰崎さん、そんなときあなたは、娘さんが喘息で入院したという連絡を受けた。違いますか？」

諏訪野が水を向けると、それまで黙り込んでいた灰崎がぼそぼそと語りはじめた。

「……はい、そうです。会わないことに同意する代わりに、姫子の状況はしっかり教えてくれる約束でしたから。……姫子が入院したと聞いて、いても立ってもいられなくなってしまい、裕子に見つからないように姫子の病室を訪ねました。ＭＲという職業柄、面会時間外でも病棟に出入りすることができましたので」

「きっと、一年前はお母さんが再婚して生活環境が大きく変わったストレスで、姫子ちゃんは喘息発作を起こして入院したんだと思います。すると、大好きな『パパ』と病院で会うことができた。そこで姫子ちゃんは思いついたんです。薬を止めて入院すれば、『パパ』に会うことができるってね」

「そんな……」裕子が口元に手を当てる。

「灰崎さん、昨日あなたに姫子ちゃんの処方を見せたうえで、これを止めたらどうなるか訊《き》いたとき、あなたはすごく驚いていましたね。そのときは姫子ちゃんの関係者だとは知らなかったんで、ちょっとオーバーな人だなと思いました。けれど、いま考えると、あなたはあのときに気づいたんですね。娘さんが自分に会うために薬を止めて、わざと入院しているって」

諏訪野が確認すると、灰崎は弱々しくうなずいた。

「最初はまさかと思いました。けれど、一晩考えて確信しました、姫子が私に会うために薬を止めていると。だから、今日そのことをお伝えしようと思ってまいりました」

「あなたのせいよ！」裕子が灰崎を指さす。「あなたが約束を破って姫子に会ったりするから、あの子が混乱してこんなことに……」

「……すまない」

うなだれた灰崎が声を絞り出す。隣に座っていた洋介が「それくらいにしておきなよ」と妻を宥《なだ》めるが、裕子はヒステリックに夫の手を払いのけた。

「あ、あの、皆さん落ち着いて……」

混乱した状況をどうすれば収められるのかと困惑していると、「静かにしてください」という声が部屋に響いた。それほどの声量があったわけではないにもかかわらず、その言葉は腹の底に響いた。諏訪野はその声を発した人物、隣の席に座る指導医に視線を向ける。

「裕子さん、とりあえず座ってください」

すだれのように垂れた前髪の隙間から、志村は裕子を見据える。

「でも、この人のせいで姫子が……」

「いまは誰の責任か考えるよりも、このあとどのように対処するかが大切です。そのためには、冷静に話し合う必要があります」

志村に諭された裕子は、自分の行動をかえりみて恥ずかしくなったのか、かすかに頬を赤くして椅子に腰を戻した。

部屋に重い沈黙が降りる。最初に口を開いたのは灰崎だった。

「……私が最初に約束した通り、姫子に会わないようにします。入院しても私に会えないことが分かれば、姫子ももう、薬を止めたりはしないでしょう」

両拳《りょうこぶし》を固く握りしめ、痛みに耐えるかのような表情の灰崎は、裕子を見て「それでいいかな？」と訊ねる。裕子は唇を固く結んだまま、かすかにうなずいた。

本当にこれでいいのだろうか？　諏訪野は落ち着きなく部屋を見まわす。たしかに入院しても灰崎に会えないことが分かれば、姫子が薬を止める理由はなくなる。しかし、それで本当に解決したと言えるのだろうか。

「誰のためでしょうか……？」

ひとりごつように志村がつぶやいた。部屋にいる全員の視線が志村に集まる。

「灰崎さんが姫子ちゃんに会わないというのは、いったい誰のための決まりごとでしょうか？」

「それはもちろん、姫子のためです。二人も父親がいるという状況に混乱しないようにしてあげたいんです」

裕子が自信なさげに答えた。

「本当に父親が二人いて姫子ちゃんは混乱するでしょうか？　さっき姫子ちゃんに『お父さんは好き？』と訊いたときと、『パパは好き？』と訊いたときでは、両方肯定しましたが、少し違う反応をしました。きっと『お父さん』は姫井さんのこと、そして『パパ』は灰崎さんのことと、しっかり区別をつけているんだと思います。姫子ちゃんは父親が二人いるという事実をしっかり受け止めています」

志村は姫井夫婦と灰崎を見まわすと、「さらに」と続ける。

「姫子ちゃんは満面の笑みで答えてくれました。『パパ大好き！』ってね」

裕子の体が大きく震えた。灰崎の口元に力がこもる。

「たしかに灰崎さんと会えなくなれば、姫子ちゃんは薬を止めたりはしなくなるでしょう。けれど、苦しい思いをしてまで会いたかった『パパ』に会えなくなる。それが本当に姫子ちゃんのためでしょうか。もっといい解決方法があるのではないでしょうか」

志村から視線を送られた裕子は、逡巡《しゅんじゅん》の表情を浮かべて黙り込んだ。やがて、その唇がためらいがちに開かれる。

「私は……」

裕子の震え声は、ノックの音によって遮られた。諏訪野が振り返ると、扉が開いて看護師が顔を出す。

「あのー、お話し中すみません。姫子ちゃんがご両親に会いたいって……」

看護師のわきから姫子が顔を覗《のぞ》かせた。その顔がぱっと明るくなる。

「パパ！」

甲高い声を上げた姫子は駆け出すと、灰崎に飛びつく。灰崎は娘の小さな体をしっかりと受け止めると、その髪を優しく撫《な》でた。気持ちよさそうに微笑んだ姫子は、不思議そうに部屋を見まわす。

「なんでパパとママ、一緒にいるの？　またパパと一緒に住めるの？」

無邪気な問いに、裕子の表情がこわばった。

「……ううん、パパとはもう一緒に住めないの。あなたのお父さんは洋介さんなんだからね」

緩慢に首を横に振りながら裕子は言う。姫子の表情が哀しげに沈んだ。裕子は「でもね」と続ける。

「これからは一週間に一回、……パパに会えるわよ。病院を退院して、家に帰った後もね」

灰崎の目が大きく見開かれる。

「裕子……」

驚きの表情を浮かべる灰崎に、裕子は憑《つ》き物《もの》が落ちたような表情で微笑んだ。灰崎の顔がくしゃりと歪《ゆが》んだ。

「どうしたの、パパ？　泣いているの？　なにか悲しいことあったの？」

肩を震わせる灰崎に、姫子が心配そうに訊ねる。灰崎は娘を強く抱きしめながら、「いや、嬉《うれ》しいんだよ」と声を絞り出すと、押し殺した嗚咽《おえつ》を漏らしはじめる。

「裕子さん、洋介さん」志村が小さな声で姫井夫婦に話しかける。「姫子ちゃんを叱らないであげてください。もう、あんなことはしないはずですから」

「もちろん、叱ったりしませんよ。なぁ」

洋介が微笑みながら答えると、裕子はゆっくりとうなずいた。幸せそうな一人娘を眺めながら。

温かい空気に包まれた部屋の中、諏訪野は口元を緩めながら、抱き合う親娘《おやこ》の姿を眺め続けた。

「姫子ちゃんの退院手続き、終わりました」

病状説明室での話し合いが終わった数時間後、小児科医局に戻った諏訪野は志村に報告をする。裕子との話し合いの結果、薬さえしっかりと使っていればまた喘息《ぜんそく》発作が起きるリスクは少ないということで、姫子は明日退院することになっていた。

「お疲れ様。しかし、今日は諏訪野君、大活躍だったね」

「そんなことないですよ。裕子さんが怒り出した時点でどうしていいかわからなくなっちゃって。志村先生がフォローしてくれたからこそ、うまく収まったんです」

謙遜《けんそん》でなく、そう思っていた。

「小児科医の仕事の半分は、親への説明みたいなところがあるからね。まあ、そこは年の功ってやつさ。けどな、諏訪野君が真相に気づかなかったら、僕は裕子さんたちを通報していた。そうなれば大混乱だ。やっぱり、一番の功労者は諏訪野君だよ」

「はあ、ありがとうございます」

あらたまって言われるとどうにも照れてしまう。

「ところで諏訪野君、どこの科に進むかもう決めた？　そろそろ決定する時期だよね」

「いえ……」

諏訪野は渋い表情を浮かべる。二年間の研修医生活も、あと半年を切っている。来月中にはどの科に進むか決めなくてはならない。医者は多くの場合、ここで決めた専門科を一生かけて究めていく。まさに、人生がかかった選択だ。

同期の研修医の大部分はすでにどの科に行くか決め、医局の教授へ挨拶《あいさつ》に行っている。しかし、諏訪野はいまだに進路を決めかねていた。

「なんだ、まだ決まっていないのか。候補とかはないの？」

「候補……ですか。これまでの指導医の先生方には、外科系よりも一人一人の患者にしっかりと時間をかけられる内科系の方がいいって薦められたんですけど……。小児科も内科系と言えば内科系ですよね」

「うん？　うちの科も考えているの？」

「候補の一つには……」

小児科で研修してみて、なかなか性に合っていると感じていた。思ったより子供にも好かれるし、病気の子供を治すことにやりがいをおぼえてもいた。

「そうか。もちろん、うちの科に来るなら大歓迎だよ。けれど、ちょっともったいない気もするね」

「もったいない、ですか？」

「そう、今回の件で君は姫子ちゃんとその家族の裏にある問題を解決した。けれど、こういうことは小児科には珍しいんだ。子供は基本的に純粋だからね。君には患者の悩みを真剣に考え、それを解決するだけの能力と優しさがある。その才能をフルで使うためには、たしかに問題を抱えた患者と接する機会の多い内科の方がいいような気がする」

「けど、内科と言われても呼吸器、消化器、内分泌と細かく分かれているんで、どの科が合っているか、いまいち分からないんですよね」

諏訪野は首筋を搔《か》く。

「まあ、まだ少し時間があるし、ゆっくり考えて結論出しなよ。なんといっても、一生を左右する選択だからね。そういえば、うちの科の次、また内科を回るんじゃなかったっけ。どこを回るの？」

諏訪野は今後の研修スケジュールを思い起こしながら答えた。

「次は……、循環器内科です」

胸に嘘を秘めて

1

心電図モニターに表示されている波が、いびつな形に揺れはじめた。処置台のそばに立つ諏訪野は体を硬直させる。

「VFだ！ 蘇《そ》生《せい》を！」

処置台の足元で、X線防護用プロテクターの上に滅菌ガウンを着た術者の医師が声を張り上げる。

VF、心室細動。心臓の心室が細かく痙攣《けいれん》して全身へ血液を送るポンプ機能を失った状態。それは紛れもなく、心停止の一形態だった。

「研修医、ぼさっとしてねえで、点滴の側管からエピネフリンとキシロカインを打て！ あと、DCカウンターもチャージしておけ！」

手元のカテーテルを操作しながら、術者が声を荒らげる。諏訪野はすぐわきにある救急カートからエピネフリンとキシロカインのアンプルを取り出すと、指示通りにそれを点滴ラインに流し込んだ。隣にいた指導医の上林《うえばやし》が、処置台に膝《ひざ》を乗せると、重ねた両手を患者の胸に当てて心臓マッサージを開始する。

「先生、これを」

看護師が除細動器を運んでくる。諏訪野はそれの電源を入れ、チャージを開始すると、両手にパドルを持って処置台に近づいた。電気ショックの準備完了を告げる音が機器から響く。

「チャージできました」

諏訪野が声を上げると、処置に当たっていた二人の医師が処置台から離れ、心臓マッサージを止めた上林が患者の体にかかっていた滅菌シートを剝《は》がした。脂肪を大量に蓄えた中年男性の胸があらわになる。

パドルを患者の右胸と左側腹部に当て、トリガーに指をかける。

「やれ！」

処置台から降りながら上林が指示を飛ばす。

「クリア！」

叫びながら諏訪野はトリガーを引いた。

三百六十ジュールの電撃に貫かれた男の体が、大きく跳ねた。

「いやあ、初っぱなから大変だったな」

軽い口調で言う上林を、諏訪野は強い疲労感をおぼえつつ横目で見る。あごにわずかに鬚《ひげ》を蓄えた精悍《せいかん》な面構え。たしか四十代前半ということだが、一見すると三十代にしか見えない。長身の諏訪野より背は低いが、全身が引き締まっていることが白衣の上からでも見て取れる。医者というよりも、アスリートに近い雰囲気を醸し出していた。

諏訪野は、今日から一ヶ月、上林の指導のもと、循環器内科で研修をすることになっていた。

朝の医局カンファレンスで挨拶《あいさつ》を済ませ、担当する患者を紹介してもらうため上林とともに病棟へ向かおうとしていたところ、急患が入ったということで救急部に呼び出された。

患者は突然の強い胸痛で救急搬送されてきた中年男性で、心電図より急性心筋梗塞《しんきんこうそく》と診断され、すぐにカテーテルにより心臓冠動脈の閉塞部位を開放する治療が開始された。その治療中に心停止を起こし、蘇生術を行うこととなったのだ。

除細動によりすぐに正常の心拍を取り戻すことができ、さらに冠動脈の開通にも成功して、患者はＣＣＵへと運ばれていった。

「循環器内科っていつもこんな修羅場なんですか？」

「いつもってわけじゃないけど、急性心筋梗塞のカテはそれなりに緊迫しているな。いつ今日みたいに心停止するか分からないから。そういえばさ、バタバタしていたんでまだ聞いてなかったけど、諏訪野君って来年からどこの科に行くの？」

頬が引きつる。二年間の研修で基本となる科のローテートを終えると、医師は自らが専攻する各科での専門研修に入る。そして諏訪野が勤めるこの純正医大附属病院では、今月末までにどの科に進むか決めなければならなかった。

同僚の研修医たちの大部分は、すでに専攻科を決めている。しかし、諏訪野はいまだに迷っていた。

「いえ……、それがまだ……」

「え、まだ決めていないのかよ？　たしか今月末が締め切りじゃなかったか。さすがに候補の科とかは絞り込んでいるんだろ？」

「内科のどこかに進みたいとは思っているんですけど……」

これまでの研修で何人かの指導医に、一人一人の患者としっかり向き合える内科が向いているんじゃないかと言われていた。自分でもそう感じはじめてはいるのだが、内科も臓器別にいくつもの専門科に分かれているので、どこを選ぶべきなのか決めかねていた。

「おっ、内科志望なのか。それならうちの科なんかどうだ？　循環器内科はやりがいがあるぞ。なんといっても勝負が早い」

「勝負が早い？」

「さっきの心筋梗塞とか心室細動もそうだけど、循環器の疾患は他の内科に比べて緊急性が高いものが多いだろ。つまり、放っておけばすぐに致命的になるってことだ。その一分一秒を争う状態の治療に当たるのが俺たち循環器内科医ってわけだ」

「そのスリルが魅力ってことですか？」

患者との対話を大切にしたいと思っている諏訪野にとって、上林の話はそれほど惹《ひ》きつけられるものではなかった。

「なに言っているんだよ」上林はかぶりを振る。「スリルじゃない、達成感だ。その数時間、場合によっては数分間、俺たちが適切な治療を行えるかどうかによって、患者のその後の生活が大きく変わるんだ。つまり、患者の人生を背負って循環器内科医は治療に当たるんだ。な、やりがいのある仕事だろ。だからこそ俺たちは必死に勉強し、必死に腕を磨くんだ」

諏訪野は大きく頷《うなず》く。熱の籠《こ》もった上林のセリフに、いつの間にか引き込まれていた。上林は相好を崩すと、諏訪野の背中を平手で叩《たた》く。

「まあ、どの科に進むかは一生の問題だから、焦らずゆっくり決めな。とりあえず、回診がてら担当患者を紹介するから、病棟に行くとするか」

上林が主治医をつとめる十人程の患者を回診したあと、諏訪野たちはエレベーターで二十六階に向かっていた。新館の二十六階は、純正医大附属病院が誇る最高レベルのセキュリティを備えた特別病棟だ。全室が個室で構成されたその階には、二十五階からのみつながるエレベーターを使い、さらに入り口の自動扉は病院職員の職員証をカードリーダーにかざさなければ入ることができない。そのため、個室料金はかなり高額で、入院患者の大部分はＶＩＰとなっていた。

「二十六階病棟に担当患者がいるんですか。すごいですね」

エレベーターから降りて諏訪野がつぶやくと、上林の表情が曇った。

「これまでに紹介した患者は、比較的人当たりのいい人が多かったけどな、いまから会う患者はかなりクセがある。気をつけろよ」

「クセというと？」

「口で説明するより実際に会った方が早い。まあ、覚悟はしておけよ」

「えっと、その患者ってなんの疾患なんですか？」

「特発性の拡張型心筋症だよ」

顔の筋肉がこわばる。特発性拡張型心筋症、心臓の筋肉細胞が変性して薄く伸び、心臓が巨大に拡張してしまう原因不明の疾患。拡張した心臓は収縮能力が弱くなっていき、全身へ血液を送るポンプとしての機能を失っていく。

軽症のうちは投薬により心臓の負担をとる治療を行うが、重症になると心不全を起こし、根本的な治療法は心臓移植しかない。

「ということは、心臓移植待ちですか？」

「移植待ちねぇ。まあ、ある意味そうかな」

諏訪野の問いに曖昧《あいまい》な返事をすると、上林は病室のドアの前で足を止めた。どうやら、ここがその患者の病室らしい。

「この患者に会わせる前に、一つだけ確認しておく」

上林は諏訪野の顔を見つめる。

「医者には守秘義務がある。診療上知りえた情報を絶対に他人に漏らしてはいけない。そのことは知っているな」

「もちろん知っていますよ」

医師としてあまりにも基本的な事柄に、諏訪野は顔をしかめる。

「そう怒るなよ。君が患者の情報をふれまわったりしないことは分かっているって。ただ、この病室に入院している患者にはちょっと特殊な事情があるんだ」

上林はドアをノックする。中から「どうぞ」という声が聞こえてきた。

上林のあとについて病室へと入った諏訪野は、室内に素早く視線を送る。十畳ほどのスペースにベッドやソファー、ローテーブルが置かれている。部屋の奥には小さなキッチンスペースも備え付けられていた。

二十六階病棟の部屋にしてはちょっと狭いかな。

これまでの研修で、何回かこの病棟に入院している患者を担当したことがあった。その患者たちの病室はこの部屋よりかなり広く、置かれている備品ももっと高級感を醸し出していた。おそらく、二十六階の病室のなかでは最も個室料が安い部屋だろう。

諏訪野は部屋の奥に視線を向ける。ベッドわきに置かれたパイプ椅子に、アイロンのきいたスーツ姿の女性が腰掛けていた。年齢は三十代半ばといったところだろう。

患者の親族だろうか？

続いて諏訪野は、背もたれ部分を上げているベッドに腰掛ける、入院着を着た女性を観察する。窓の外を眺めているため、こちらからは後ろ姿しか見えない。どうやら若い女性のようだった。栗色の柔らかそうな髪が肩の辺りで綺麗《きれい》に切りそろえられている。

ふと、低い唸《うな》り声のような音が部屋の空気を揺らしていることに気づき、諏訪野はその音の根源を探す。それはすぐに見つかった。ベッドの奥に置かれている縦長の箱状の装置から駆動音が漏れていた。

その装置から出た管が、ベッドに座る女性の入院着の中へと延びている。

補助人工心臓……。装置の正体に気づき、諏訪野は口元に力を込める。

心臓と大動脈にチューブを差し込み、心臓から抜いた血液に装置で圧をかけて大動脈へと戻すシステム。心臓が十分に機能しない患者に対して使用されるものだが、実物を見るのははじめてだった。

あの装置を使わなければならないほど、心機能が低下しているのか……。

「上林先生、そちらの男性はどなたでしょうか？」

部屋に響いた甲高い声で、諏訪野は我に返る。見ると、ベッドわきに座っている女性がこちらを見ていた。その瞳《ひとみ》に浮かぶ強い警戒と敵愾心《てきがいしん》に圧倒され、軽く身を引いてしまう。

「研修医の諏訪野君です。今日から私の診療をサポートしてくれます」

上林に紹介された諏訪野は、「諏訪野良太です。よろしくお願いいたします」と頭を下げる。

「研修医っていうことは見習いですよね。なんで見習いにエリを診てもらわないといけないんですか？　高い個室料を払ってこの部屋に入院しているのに、扱いがひどすぎます」

　女性はまくし立てるように言うと、椅子から腰を浮かす。エリというのが、入院している女性の名前なのだろう。居心地の悪い思いをしながら、諏訪野はちらりとベッドに付いている名札を確認する。そこには『四十住《あいずみ》絵理《えり》』と記されていた。

　四十住……。その珍しい苗字《みょうじ》を見て、諏訪野は眉根《まゆね》を寄せる。

「どの病室にいても関係ありません。私が担当している患者さんは全員、諏訪野君と一緒に診ていきます。いままで通り、治療方針の決定と説明や、専門的な処置に関してはすべて私が行います。諏訪野君には私の仕事のサポートをしてもらいます」

「サポートって、見習いにそんなことさせて危険じゃないですか？」

「諏訪野君はすでに一年半の研修を受けていて、基本的な処置に関してはほぼ完璧《かんぺき》にこなせるようになっています。私が手を離せないときなど、彼がいることでスムーズに治療を行うことが出来ます。彼が一緒に診療に当たってくれることで、患者さんにプラスになることはあっても、マイナスになることはありません」

　はっきりとした上林のセリフに、女性は渋い表情で黙り込む。上林のフォローに感謝しつつ、諏訪野は女性がどう反応するか、緊張しつつ待った。

「いいじゃない、横溝《よこみぞ》さん」

言葉を発したのは、ずっと文句を言っていた女性ではなく、ベッドから外を見ていた女性、四十住絵理という名の患者だった。

横溝さん？　ということは、この二人は家族ではないのか？　諏訪野が首を捻《ひね》ると、四十住絵理は外を眺めたまま言葉を続ける。

「どうせ、この病院は私の病気を治せないんでしょ。それなら誰が担当になろうが大きな差はないじゃない。ここは治療を受ける場所じゃなくて、私がアメリカに行くまでの待機場所でしかないんだからさ」

横溝と呼ばれた女性は、硬い表情のまま「絵理がそう言うなら……」とつぶやいた。

「あ、えっと……、それじゃああらためまして、よろしくお願いいたします」

諏訪野が再び挨拶《あいさつ》をすると、ベッドの上の女性は気怠《けだる》そうに振り返った。その顔を見た諏訪野は、目をしばたたかせる。

喉《のど》の奥からせり上がってきた声を、諏訪野は必死に呑《の》み込んだ。

「あの患者、愛原《あいはら》絵理じゃないですか！」

四十住絵理の病室をあとにして二十六階病棟のナースステーションに入った諏訪野

は声を上げる。

「おっ、気づいたかい」上林はにっと口角を上げた。

「そりゃあ気づきますよ」

愛原絵理は数年前にアイドルから転身してブレイクした女優だった。その整った容姿に加え、抜群の演技力で一気にスターダムにのし上がり、いくつもの連ドラや映画で主演をつとめた。

「俺はナースに指摘されるまで、全然気づかなかったよ。最近は全然テレビに出ていなかったからな」

「たしか、三年くらい前からなにかとトラブルを起こすようになったんですよね。撮影をドタキャンしたり、あとは既婚者の俳優と噂になったり。それで業界から干されはじめたとか」

「諏訪野君、詳しいねえ……」

「いやあ、そういうゴシップには目がないもので。それに俺、ちょっと愛原絵理のファンだったんですよ。彼女、『あなたと星を数えていたい』とか『瞳の中の砂粒』とかに出演していたじゃないですか。あの連ドラ、学生時代にかなりはまったんです」

「それって、たしか恋愛ドラマだろ。そんなもの好きなのか？」

「女子との会話のきっかけにしようと見ていたんですけど、そのうちのめりこんじゃって」

「俺が守秘義務について念を押した意味が分かっただろ。最近は落ち目とはいえ、かつての人気女優だ。それが難病で入院しているなんて分かったら、マスコミが病院に殺到しかねない。彼女が所属する事務所としても、看板女優の病気は絶対に隠しておきたいらしい。病気のイメージがつくと、今後の仕事に支障が出るんだってよ。そのために、二十六階病棟に入院させて、あの怖いマネージャーが目を光らせてるってわけさ」

ああ、あの横溝という女性はマネージャーだったのか。頷《うなず》いた諏訪野の頭に、ふと疑問がよぎる。

「今後の仕事って、そもそも事務所は拡張型心筋症が治るって考えているんですか？　移植が受けられると？」

日本では移植臓器が絶対的に不足している。そのため、よほどの幸運に恵まれない限り移植を受けることが出来ないのが実情だった。

「いや、一応国内でも移植希望登録しているが、事務所も本人も日本で待つつもりはない。アメリカで移植を受けるつもりなんだよ。さっき、『ここで治療を受けるわけじゃない』みたいなことを言っていただろ」

「アメリカですか？　たしかにアメリカだと、日本よりずっと移植を受けられる可能性が高いですけど、たしかそれって……」

「ああ、億単位の金が必要になる。所属事務所がその金を用意したうえ、受け入れ先の病院も自分たちで手配するってよ。たしかに、俺たちは治療にほとんど関われない。そのせいか、彼女は俺たちのことを、というか日本の医療を小馬鹿にしている節があるんだよ」

「俺、あまり詳しくはないんですけど、アメリカの医療ってそんなに日本より優れているんですか？」

「いや、基本的に大きな差はないさ。というか、国民皆保険制度のおかげで安く世界的な標準治療を受けられるって意味では日本の方が優れているとも言える。アメリカの医療費は目が飛び出るからな。実際、ＷＨＯが発表する医療レベルのランキングでも日本は一位に位置している。ただ、移植に関しては厳しいのは事実だ」

「やっぱり臓器提供が一般に浸透していないせいですかね」

「それもあるだろうが、どちらかというと死生観の問題だろうな。海外では脳死を『人の死』と考えるところが多いが、日本ではその考え方は一般的じゃない。心臓が動いていて体が温かいのに、死んでいるということを受け入れるのはなかなか難しい」

「心停止後の臓器提供では、心臓とか肺は提供できませんもんね」

「肝臓や小腸もだ。だから、それらの臓器は日本では慢性的に不足している。ただ、脳死を人の死として認めるかどうかは、死生観や宗教観にも関わるかなりセンシティブな問題だから、この状況が良いとも悪いとも言えない。なんにしろ、四十住さんは条件が整い次第、アメリカの病院に転院する。俺たちの仕事は、それまで彼女の状態を悪化させないことだ」

上林は電子カルテの前に座ると、診療記録を打ち込んでいく。

「あのベッドの奥に置かれていた装置って補助人工心臓ですよね。あれを使っていれば、いくら心機能が落ちても全身状態は保てるんじゃないんですか？」

諏訪野が質問すると、上林はキーボードを打っていた手を止め、振り返る。

「たしかに全身の血液循環はキープできるが、危険がないわけじゃない。心臓と大動脈に差し込んだチューブを通して感染が起きたり、体外に出した血液の中で血栓が生じたりすれば致命的な状況になり得る。そして補助人工心臓を使用する期間が長引けば長引くほど、それらが起きる可能性は高くなる。だからこそ、できるだけ早く心臓移植をする必要があるんだ」

そこまで言ったところで、上林はふっと表情を緩める。

「とは言っても、いまは全身状態も安定しているから特に心配することもないさ。万が一、彼女がアメリカに転院する前になにかあったときは、俺が責任持って対応するから、君は補助してくれ。本人も付き添いもちょっとクセがある人だけど、そんなに手間はかからないはずだからさ」

「分かりました」諏訪野は大きく頷く。「けれど、彼女の本名って四十住っていうんですね。愛原っていう芸名はそこからとったのか」

「お、よくあの苗字《みょうじ》を読めたな。俺は最初分からなかったよ」

「いえ去年、腎臓《じんぞう》内科を回っていたときに、同じ苗字の患者さんを担当したんですよ。だから読み方を知っていたんです」

「それってもしかして、四十住紗智《さち》って子か？」

「え？　知っているんですか？」

「糸球体《しきゅうたい》腎炎で腎不全になって、去年透析を導入した女子高生だろ？　絵理さんの妹だよ」

「ああ、そうなんですか。じゃあ、お見舞いに来たりするかな」

諏訪野がひとりごつと、上林の顔に苦虫を嚙《か》みつぶしたような表情が浮かぶ。

「どうしたんですか？」

「家族は見舞いに来ないよ。というか、来られないんだ。四十住さんが会うことを拒絶しているからな」

「拒絶ってどうして？」

「どうやら、家族とかなり折り合いが悪いらしい。とくに拡張型心筋症になってからは、家族が財産目当てに自分に死んでもらいたがっていると思い込んで、ほとんど顔を合わせなくなっている」

腎臓内科で研修をしていた際、透析をはじめるために入院していた四十住紗智を思い出す。週に三回、数時間かかる透析を受けなくてはならなくなったことに少し落ち込んではいたが、それでも前向きに生きようとする明るさを備えた少女だった。あの子が、金のために姉の死を願うとはとても思えなかった。

「紗智ちゃんは、そんな子じゃないですよ」

「ああ、俺も病状の説明とかでその子と母親には何度か会っているから、そう思うよ。ただ、重い病気になった患者は、被害妄想を抱くことも少なくないんだ。きっと四十住さんもそうなのさ。まあ、家族の問題だから、俺たちにはどうしようもないよ」

肩をすくめる上林の隣で諏訪野は振り返って、遠くに見える四十住絵理の病室のドアに視線を送った。

2

アラームの音が部屋の空気を震わせる。ベッドで眠っていた諏訪野は、枕元に置かれているスマートフォンに手を伸ばし、目覚ましを止める。時刻は午前六時だった。

循環器内科での研修四日目の朝、二度寝の誘惑を必死に振り払い、諏訪野は上半身を起こした。循環器内科では午前七時から病棟回診がはじまる。それまでに白衣に着替えて病棟にいるためには、病院の敷地内にあるこの研修医寮に住んでいても、もう準備をしなければ間に合わない。

大きなあくびをしながらベッドの縁に腰掛けると、なんとはなしにスマートフォンでニュースサイトを眺める。そのとき、あるニュースの見出しが目に飛び込んできて、画面をスクロールさせていた指の動きが止まった。

見間違いかと思い、目をゴシゴシとこすり、再び液晶画面を見つめた。

『愛原絵理　重病で都内病院に入院か？』

見間違いなどではないことを確認した諏訪野は、震える指で操作をし、そのニュースの詳細を開く。

『女優の愛原絵理（27）が都内の病院に入院中であることが関係者からの話で明らかになった。病名は明らかになっていないが、心臓の疾患で重症だという情報もある。愛原絵理はドラマ「永遠の夏休み」で女優デビューし、その後……』

そこまで読んだところで、諏訪野はスマートフォンをベッドの上に置いた。

「マジかよ……」

かすれ声が、狭い部屋の空気を揺らした。

「これはどういうことなんですか!?」

雑誌を手で叩《たた》きながら、横溝が怒声を上げる。その化粧の薄い顔は紅潮していた。ニュースが出た日の昼下がり、諏訪野は上林とともに呼び出され、絵理の病室へとやってきた。部屋には絵理と横溝の他に、芸能事務所の社長だという久米《くめ》という男が待っていた。

久米が硬い表情で自己紹介したあとすぐに、横溝が手にしていた本日発売の雑誌を掲げて立ち上がったのだった。

上林の後ろに控えながら、諏訪野は雑誌に目を向ける。そこには、朝にネットニュースで見たのとほぼ同じ内容の記事が、絵理の顔写真とともにかなりの誌面を割いて掲載されていた。

「私たちも、なぜこのようなことになったのか戸惑っています」

上林は毅然《きぜん》とした態度で言う。一時間ほど前、上林は諏訪野とともに教授室へと向かい、今後の対応について教授と綿密に話し合っていた。

「戸惑っているってどういうことなんですか？　私たちは秘密が絶対に漏れないように、わざわざ高い個室料金を払ってここに絵理を入院させたんですよ。それなのにこんなことになるなんて」

　横溝はヒステリックに髪を掻《か》き乱すと、上林を睨《にら》む。

「私たちは病院の職員から四十住さんの情報が漏れた可能性は低いと考えています」

　上林は動じることなく、はっきりと答えた。ＶＩＰが多く入院する新館二十六階病棟は、個人情報の漏洩《ろうえい》に極めて気をつかっている。この階で勤務する職員は全員、五年以上の勤務経験があり、これまで一度も問題を起こしたことがない者たちで、さらに個人情報の管理についての講習を定期的に受けることが義務づけられていた。そのうえ、情報漏洩を防ぐために、特別な契約書にもサインしており、患者の情報を漏らせば大きなペナルティが科せられることになっている。その甲斐《かい》もあってか、数年前にこの特別病棟が稼働をはじめてから今日まで、患者の情報漏洩が認められたことはなかった。

　上林はそのことを丁寧に説明したうえで、絵理の入院を知る職員全員の聞き取りを行うと説明した。

「この階の職員が漏らしたんじゃないなら、その先生はどうなの」

横溝に指さされ、諏訪野は体を硬直させる。

「その先生が絵理を担当するようになってすぐに情報が漏れた。しかも、その先生はその特別な講習を受けていないし、契約もしていないんでしょ。あなたから情報が漏れたんじゃないの?」

「いいえ、僕は記者なんかと話してはいません」

声が震えないように注意しながら諏訪野は答える。

「直接記者に話さなくても、誰か知り合いに自慢したんじゃないの? 『愛原絵理の担当になった』って。そうやって噂が広まっていって記者に嗅《か》ぎつけられたのかも」

「僕は誰にも四十住さんの担当になったことを話していません」

初日に上林に強く言われたこともあって、絵理の担当になったことについては同僚の研修医たちにさえ伝えてはいなかった。自分から情報が漏れたわけがない。しかし、どうしたらそれを信じてもらえるか分からなかった。

「……悪魔の証明」

話し合いがはじまってから一言も発していなかった絵理が、ぼそりとつぶやく。部屋にいた全員の視線が、絵理に集中した。

「絵理? なにか言った?」

横溝が訊《たず》ねると、絵理は頭を掻く。

「何かをやっていないってことを証明するのって、悪魔の証明っていって不可能なんでしょ。あんまりその先生をいじめたらかわいそうじゃない。まだ半人前なんだからさ」

「でも、絵理……」

「横溝さん。誰が私の情報を漏らしたか調べるのはあとでも出来るでしょ。いまはマスコミ対応について考える方が大切なんじゃないの？」

　正論に横溝は黙り込む。

「記者たちを集めて会見を開き、俺が状況を説明しよう。絵理に負担がかからないようにするよ。横溝さん、マスコミに送るＦＡＸの文面と、会見の用意を頼む」

　久米が力強く言う。横溝は「分かりました」と頷《うなず》くと、さっそくバッグから携帯電話を出して、どこかへと電話をしはじめた。

「よろしくね、社長」

　興味なさげにつぶやきながら、外の景色を眺めはじめた絵理は、「あっ」と声を上げた。

「絵理、どうかしたか？」久米がベッドサイドに近づく。

「そういえば、この病院の人と事務所の人以外にも、私の状況を知っていて、情報を漏らす可能性がある人がいるわね」

上林が「それは誰ですか？」と身を乗り出した。

「私の家族、母さんと妹よ……」

外を眺めたまま、絵理は淡々とした口調で言った。

『……というわけで、当事務所所属女優の愛原絵理は現在、拡張型心筋症という難病と必死に闘っております。ただ、彼女はこの病魔に打ち勝つ決意を固めています。彼女が背負った運命は過酷なものですが、私は必ず彼女が病を克服し、再び女優として輝くことを確信しております』

翌日、昼下がりの循環器内科の医局で、諏訪野と上林は液晶テレビを食い入るように見つめていた。画面には、絵理の状況について語る久米の姿が生中継で映し出されている。悲痛に歪《ゆが》んだその表情は、同情心を誘うのに十分なものだった。その隣には、横溝が硬い表情で座っている。

「会見慣れしているな。これで四十住さんは完全に悲劇のヒロインだ。日本中が彼女に同情している」

上林は首筋を掻く。

「心臓移植を受けて復活したら、かなり注目されるでしょうね」

諏訪野が同調すると、上林は大仰に両手を広げた。

「かなりどころじゃねえよ。再ブレイク間違いなしだろうな。テレビ各局で争奪戦がはじまるさ。もしかしたら、情報を漏らしたのは社長自身かもな。最初は病気のイメージがつくのは良くないと思っていたけれど、逆に病気からの奇跡の復活を演出した方がいいと考え直した。それで、自分たちでマスコミに情報を流した」

「まさかそんなこと」

笑おうとした諏訪野は、上林の真剣な表情を見て顔の筋肉を固める。

「本気で言っているんだよ。芸能事務所にとって、所属タレントは大切な商品だから、その価値を上げることに必死なはずだ。しかも、四十住さんは落ち目とはいえ、あの事務所の看板タレントだ。もう一度ブレイクさせたかったはずだ」

「じゃあ、本当にあの社長が……」

「あくまでその可能性があるっていうだけだ。なんにしろ、俺たちは警察じゃない。誰が情報を漏らしたか追及することより、患者の治療をすることに専念しないとな」

「ですね」

頷いた諏訪野はテレビ画面に意識を戻す。会見は質疑応答に移っていた。

『愛原さんの今後ですが、具体的にはどのような治療が行われるのでしょうか？』

記者の一人が質問をする。久米はマイクを口元に近づけた。

『私は医師ではないので、治療法についての詳しい説明は困難です。ただ、絵理の病状はかなり厳しく、心臓移植以外の治療法はないということでした』

『心臓移植は簡単には受けられないのではないですか？』

『たしかに日本国内にいては難しいということです。なので、現在アメリカに渡って心臓移植を受ける手続きを進めています。早ければ今月中にも絵理はアメリカの病院に移ることになります。転院予定の病院は、カリフォルニア州にある……』

　久米は諏訪野も知っている超有名病院の名を挙げる。

「もう転院先の病院決まっているのかよ。それなら、俺たちにも少しは情報をあげてくれよな。手配は全部あっちがすると言っても、英文の紹介状とかは必要になるんだからよ」

　上林が愚痴を漏らしていると、画面の中の久米が唐突に立ち上がった。

『いま説明した心臓移植に関しまして、一つ問題がございます。治療を受けるためには最低でも二億、場合によってはそれを遥《はる》かに上回る費用がかかるのです。現在、弊社では必死にその医療費を準備しておりますが、情けないことにかなり苦労している状態です。ですので、恥ずかしながら全国の皆様に絵理を助けるお手伝いをお願いしたいと思っております』

「おいおい、なにを言い出すんだよ？」

　上林は眉《まゆ》をひそめた。諏訪野も何が起こっているのか分からず、画面を凝視する。

『本日より、「愛原絵理を救う会」を設立しますので、アメリカでの心臓移植を受けるための医療費の寄付をお願いいたします。詳細につきましては後ほど……』

諏訪野は耳を疑う。たしかに、海外での移植のための費用を寄付で集めることはある。しかし、その大部分は患者が乳幼児で、しかも家族が全財産を投げ出しても医療費が足りないようなケースだ。有名芸能人を救うために、所属事務所が寄付を集めるなど聞いたことがない。

「これが目的か……」上林が押し殺した声でつぶやく。

「目的？　どういうことですか？」

「やっぱり情報をリークしたのはこの芸能事務所だ。週刊誌にスクープさせて、全国的に注目されたところで記者会見を開いて同情を誘う。そのうえで寄付を募れば、全国から金が集まってくる」

「けれど、医療費は事務所が用意しているはずじゃ」

「それなりに大手の事務所とはいえ、億単位の金を出すのは簡単じゃない。たとえ看板女優を救うためでもな。だから、寄付を募ることでその金を節約しようとしたんだ。きっと前もって計画していたものだろうな。そうじゃなきゃ、こんなすぐに発表できるわけがない。しかも、全国放送で思いっきり同情をあおったうえでの発表だ。とんでもない金額が集まるぞ」

「でも、普通こういう募金活動って、金銭的に余裕がなくてしかたなくやるものですよね」

「ああ、そうだ。そういう場合でさえ色々と非難の声があがったりするものだ。今回はきっとその比じゃないバッシングがあるぞ」

上林は苛立《いらだ》たしげに爪を嚙《か》む。

「こりゃ、面倒なことになってきたな」


記者会見の三日後、諏訪野と上林は教授回診に参加していた。大学病院では週に一回、教授が医局に所属する医師全員を引き連れ、その科に入院している全患者を診察することが義務づけられている。それにより、患者の情報を医局員同士で共有したうえ、治療方針に誤りがないか確認するのだ。

久米の会見のあと、病院にマスコミが押しかけるのではないかと危惧《きぐ》していたが、いまのところそのような事態にはなっていなかった。絵理がどの病院に入院しているかまでは、まだ知られていないのだろう。

回診開始からすでに一時間以上が経ち、大部分の患者の診察は終わっている。十数人の循環器内科医たちの後ろを歩きながら、諏訪野は喉《のど》になにかが引っかかっているような気持ちになっていた。

　この回診で、絵理以外にも拡張型心筋症で補助人工心臓を使用し、移植を待っている患者を数人診た。その多くは諏訪野より若く、十代の患者もいた。

　心臓移植を受けられなければ、あの患者たちは命を落とす。そして、移植用の心臓が回ってくる可能性は極めて低い。

　これまでの科でも、不治の病に冒された患者を多く見てきたが、そのほとんどが高齢の患者だった。自分より若い者たちが死に瀕《ひん》している姿を見たことが、心に暗い影を落としていた。

「さて、これであとは二十六階病棟だけかな。お疲れ様でした」

　ＣＣＵの回診を終えた初老の教授は胸の前で両手を合わせる。それを合図に、循環器内科医たちが「お疲れ様でした」と頭を下げて去って行く。あとには教授、上林、そして諏訪野だけが残された。

　新館二十六階病棟に入院している患者だけは教授と担当医だけで回診する。それが、純正医大附属病院の暗黙のルールだった。そして現在、循環器内科の患者で二十六階病棟に入院しているのは四十住絵理だけだった。

「さて、それじゃあ行こうか」

教授に促され、諏訪野たちは二十六階病棟に向かった。

絵理の病室の前に着くと、諏訪野は白衣のポケットからメモ用紙を取り出し、背筋を伸ばす。

「四十住絵理さん、二十七歳、拡張型心筋症の患者さんです。エコー上、左室駆出率は十三パーセントと極めて心機能が低下しているため、補助人工心臓を使用したうえで、心臓移植の待機をしています。先日の検査では……」

諏訪野はややうわずった声で患者情報を説明していく。

「ああ、そんなに緊張しなくていいよ。この患者さんについては逐一報告を受けているから」

柔らかい声で言うと、教授はノックをしてドアを開ける。諏訪野は教授と上林に続いて病室へと入った。今日は横溝の姿はなく、絵理が一人で窓際のベッドに横になっていた。

「四十住さん、教授回診です」

上林が声をかけると絵理は無言のまま小さく頷《うなず》く。教授はベッドに近づくと「失礼しますよ」と聴診器で心音を聞いた。わずかに絵理の入院着の胸元がはだけ、諏訪野は視線を外す。

「はい、ありがとうございました」

診察を終えた教授が声をかける。やはり絵理はかすかに頷くだけだった。

「事務所の社長さんの会見、私も拝見しましたよ。寄付は順調に集まっていますか？」

「くわしいことは横溝さんに任せているから知らないけれど、大丈夫みたい。必要なお金は集まるはずだって」

つまらなそうに絵理は答える。

「そうですか。こういう寄付は普通、なかなか目標金額を集めるのに時間がかかるんですが、さすがに芸能人だと影響力が違いますね」

教授の口調に皮肉の色が混じる。ほとんど無表情だった絵理の口角が、わずかにあがった。

「それはそうよ。私はそのへんの一般人とは違うんだから。普通の人と比べたって意味ないでしょ」

「寄付なんかに頼らなくてもあなたほどの有名人なら、自分か事務所がお金を出して医療費を用意できるんじゃないですか？」

「寄付をしてくれる人は、お金を出すことを喜んでいるの。ちょこちょこため込んでいるより、私を助けるために使った方が有意義でしょ。それのなにが悪いの？」

絵理は小馬鹿にするように鼻を鳴らした。諏訪野がハラハラしながら二人のやり取りを見守っていると、教授は唇のはじを上げた。

「どうでしょうね。私はそれが悪いかどうかを判断する立場にありませんので。ただ、アンフェアだと思う人が少なからずいるかもしれませんね」

教授の言うとおり、ネットを中心に今回の募金活動に対する批判が燃え上がっていた。

「部外者には好き勝手言わせとけばいいのよ。そもそも、国内で手術が受けられるなら、わざわざこんな苦労をする必要なんかなかったのよ。なんで日本の医療ってこんなに遅れているの？」

これまで淡々と話していた絵理の口調に熱が籠《こ》もっていく。

「たしかに日本では亡くなった方からの臓器移植は少ないですね。そこは今後改善をしていくべきなのかもしれません。その代わり、ご家族などから腎臓《じんぞう》や肝臓を移植する生体臓器移植に関しては、世界的にも進んでいます」

「今後のことなんてどうでもいいの。私にはいま、心臓が必要なのよ。だから、私は海外に行く。私に文句を言う前に、あなたたちは海外に行かなくても私みたいな病気の人を治せるように努力してよ！」

絵理は表情を歪《ゆが》めながら言う。

「……ええ、その通りです。私たちも努力しないといけませんね」

教授は神妙な顔であごを引いた。

教授回診終了から約二時間後、諏訪野は二十六階病棟のナースステーションで絵理のカルテを書いていた。上林は午後の外来を行っている。外来が終わって上林が病棟に上がってくるまでに、カルテの記録や、処方箋《しょほうせん》・注射箋の記入を行っておかなくてはならなかった。

電子カルテに記録を書き入れ、保存した諏訪野は、教授回診のときの絵理を思い出す。絵理があれほど感情をあらわにする姿を見たことがなかった。

これまでの診察では、横溝が常に付き添っていたせいか、絵理が自分から話すことはあまりなかったので、彼女が何を考えているのか分からなかった。けれど、今日で少しは彼女の気持ちが分かった気がする。

若くして拡張型心筋症という難病に冒されて絶望し、怒りを抱えているのだろう。そして、自分の殻に籠もることで必死に恐怖と戦っているのだ。

「諏訪野先生」

背後から不意に声をかけられ、諏訪野は「はい！」と背筋を伸ばす。

振り返ると、年配のナースが立っていた。彼女は「あれ、見てください」とエレベーターホールを指さす。ガラス製の自動扉の向こうに、中年の女性が立っていた。

「どなたですか？」

「四十住さんのお母様ですよ。面会に来ているんです」

「それなら、開ければいいんじゃないですか？」

二十六階病棟の自動扉は防犯上、ナースステーション内にあるボタンを押すか、扉のわきにあるカードリーダーに職員証をかざさなくては開かなかった。

「それが、四十住さんご本人が面会を嫌がっているんですよ。それで、どうしたものかと思いまして」

母親との面会を嫌がる？　諏訪野は、絵理が家族と折り合いが悪いらしいこと、そして母親と妹が入院の情報を漏らしたかもしれないと絵理が言っていたことを思い出す。

「……開けてください」

十数秒迷ったあと、諏訪野はナースに言う。

「いいんですか？」

「はい、俺が話をします」

ナースがボタンを押して自動扉を開ける。絵理の母親はおずおずと病棟内へと入ってきた。

「四十住絵理さんのお母様ですね」

諏訪野が近づいていくと、彼女は「はい、四十住洋子《ようこ》といいます」と首をすくめるように頷いた。

「主治医の上林の下で研修している諏訪野といいます。絵理さんにご面会ですね」

「はい。ただ、あの子はいつも会ってくれなくて……」

「案内しますので、どうぞついてきてください」

諏訪野は廊下を進んでいく。母親を連れて行っていいのか、はっきりとは分からなかった。ただ、ついさっき見た絵理の悲痛な表情が、諏訪野を突き動かしていた。

難病で苦しんでいる絵理はきっと、内心の苦しみを押し殺している。母親に会うことで少しはその苦しみが和らぐのではないか。そんな気がしていた。

絵理の病室の前に着くと、諏訪野はドアをノックする。中から気怠《けだる》そうな「どうぞ」という声が聞こえてきた。諏訪野はドアを開けて中に入る。

諏訪野に続いて部屋に入ってきた洋子を見て、絵理は大きく息を呑《の》んだ。数秒間、固まったあと、彼女は諏訪野を睨《にら》む。

「なんでその人がいるのよ。その人とは会いたくないって、ちゃんと看護師さんに言っておいたのに」

娘に「その人」と呼ばれ、洋子の顔が歪む。

「そうなんですか？　すみません、知らなかったもので」

諏訪野がしらを切ると、絵理はこれ見よがしに舌を鳴らした。

「本当にどうなっているのよ。入院しているって情報が漏れたり、会いたくない人を通したり」

「入院の情報を漏らしたのは、うちの職員なんですかね？」

「どういう意味よ？」絵理は目つきを鋭くする。

「いえ、特に意味はありません。とりあえず、せっかくお母様がお見舞いに来てくださったんですから、少しぐらいお話しされたらいかがですか？」

諏訪野が促すと、絵理は硬い表情のまま母親に視線を移した。

「……何しに来たの」

「もちろんあなたの様子を見に来たのよ」

洋子は娘のベッドに近づいていく。

「どうせ、いい気味だとでも思っているんでしょ。自分の言うことをきかないで芸能活動していたバチが当たったって」

「何言っているの、そんなわけないじゃない。私はただ、あなたに早く元気になって欲しくて……」

「そんなの信じられない。三年前に言ったじゃない、『あなたなんて私の娘じゃない』って」

「あれは言葉の綾《あや》で……。本当にそんなこと思っているわけないでしょ」

「どうだか」

「私も紗智もあなたのこと、心配しているのよ。本当はあの子も連れてきたかったんだけど、体調が……」

「……紗智の体調、悪いの？」絵理は探るように言う。

「かなり体がだるいんだって。それに週に三回の透析が精神的にきついみたいで……」

絵理は一瞬つらそうに眉《まゆ》をひそめる。しかし、すぐに無表情に戻った。

「ということは、まだ腎臓の移植は受けられていないんだ。あなたがわざわざ私に会いに来た理由が分かった」

「会いに来た理由？」

「あなたも紗智も、私に早く死んで欲しいんでしょ？」

娘のセリフに、洋子の口から小さな悲鳴が漏れる。

「なに馬鹿なことを言っているの、あなたは!?」

「誤魔化《ごまか》さなくてもいいのよ、分かっているから。私が死んだらあなたには遺産が入るし、紗智には腎臓が手に入ると思っているんでしょ。昔調べたときに、私の腎臓は紗智に移植できるって結果が出ていたしね。けれどおあいにく様、私が死んでもあなたたちにはなにも遺《のこ》す気なんてない。だから、諦《あきら》めてさっさと消えてよ」

吐き捨てるように言うと、絵理は虫でも追い払うように手を振った。洋子は唇を強く嚙《か》むと、勢いよく身を翻して病室から出て行く。「あっ」と声を上げた諏訪野は、慌てて洋子のあとを追った。

「あの……、大丈夫ですか」

廊下でうつむく洋子に声をかける。洋子は気を落ち着かせるように胸に手を当てて深呼吸をくり返したあと、「大丈夫です」と声をしぼりだした。

「すみません、僕が余計なことをしたせいで」

「いえ、少なくともあの子に会えただけでよかったです……」

洋子は十数秒黙り込んだあと、言葉を続ける。

「元々は優しい子だったんです。渋谷《しぶや》でいまの芸能事務所にスカウトされてアイドルになったのも、家計を助けようとしてのことでした。うちは母子家庭だったうえ、下の子が腎臓《じんぞう》に持病があったので、経済的にかなり厳しかったんです」

「お母様は絵理さんの芸能活動に反対していたんですか？」

「芸能界というものは私が考えているよりもかなり過酷なものでした。絵理は目に見えて疲弊していきました。もちろん、絵理が自分の夢に向かっているなら応援しました。けれど、お金を稼いで私たちをサポートするためなら、そんなことしないで、普通の女の子として青春を送って欲しかったんです」

　洋子は深いため息をつく。

「そうやって衝突しているうちに、あの子は家を出て事務所の寮で過ごすようになっていき、どんどん芸能界に染まっていきました。女優としてブレイクしたのは嬉《うれ》しかったんですけど、今度はいろいろな件で世間様からバッシングを受けるようになり、私たちを避けるようになったんです。特に、この病気になってから……。やっぱりあの子には芸能界なんて向いていなかったんです。あのとき私が無理やりにでもやめさせていたら、きっとこんな病気なんかにもならないで元気に……」

　洋子は顔を覆って肩をふるわせはじめる。諏訪野にはその姿をただ見守ることしかできなかった。三分ほどして顔をあげた洋子は、充血した目を諏訪野に向けると、

「こんな話をしてすみませんでした」と一礼して去って行く。

　寂しげな背中を見送った諏訪野は、絵理の病室へと戻った。

「なに？　まだなにか用があるの？」

　部屋に入ってきた諏訪野を見て、絵理は面倒くさそうに言う。

「なんでお母さんにあんなこと言ったんですか？」

「そんなことあなたには関係ないでしょ。他人の家族のことにまで口を出さないでよ」

「本当にこのままでいいんですか？」

「なによ。いつ死ぬか分からないから、生きている内に家族と和解しておけってこと？」

「そういうわけじゃ……」

「家族関係をどうこうするより、私が死なないようにするのが、あなたの仕事じゃないの？」

　正論に言葉が継げなくなる。重苦しい沈黙が部屋に降りた。

「ねえ」絵理が沈黙を破る。「あなたって研修医なのよね。将来、心臓の専門家になるからこの科で研修しているの？」

「いえ……、研修医はいろいろな科を回って、そのあとどこの科に行くか決めるんです。僕がこの科で研修を受けるのは、今月だけです」

「ふーん、そうなんだ。じゃあ、ずっと私の担当をするわけじゃないのか。それで、あなたはどこの科に行くの？」

「まだ決めていません。いろいろと迷っているんです」

　なぜそんなことを訊《たず》ねるのか訝《いぶか》しく思いつつ、正直に答える。

「そっか、迷っているんだ。……いいよね、将来のことを考えられる人は」

　絵理は窓の外を眺める。

「アメリカで心臓移植を受ければ、四十住さんも将来のことを考えられますよ。きっと時間をかければ、またご家族とお互いわかり合えるようになりますって」

絵理の横顔に刻まれた哀愁の籠《こ》もった表情に、とっさに慰めるようなセリフを口にしてしまう。

振り返った絵理は、諏訪野を見つめて微笑んだ。

どこまでも哀しげに。

洋子を絵理の病室に連れて行った三日後の昼休み、諏訪野は医局で頭を抱えていた。デスクの上には来年度からの研修先の申請用紙、つまりは自分がどの科に進むかを申請する書類が置かれていた。

申請の期限が迫っているにもかかわらず、いまだにどの科に進むべきなのか決めきれずにいた。両手で髪を搔《か》き乱した諏訪野は、引き出しに用紙をしまうと、ノートパソコンでネットニュースのサイトを見る。さっきから悩みすぎて、脳細胞が加熱していた。少し休憩をとらなければ。

画面をスクロールしていくと、ニュースの見出しの一つに視線が引きつけられた。

『愛原絵理募金　すでに数億円集まったか。その手法に批判も』

一瞬躊躇《ちゅうちょ》したあと、諏訪野はその見出しにポインターを合わせてクリックする。

『わずか一週間足らずで、愛原絵理に対する寄付は予定額をすでに大きく上回るほど集まり、世間の関心の高さをあらわしている。しかし、公共の電波を使い有名芸能人の医療費を募るやり方にはネットを中心に強い反発も起こっている。また、必要額が集まったにもかかわらず募金活動を続けていることに疑惑の目が向けられ、本当に寄付はすべて医療費に使われるのか疑問が残る。そのことについて所属事務所に質問をしたところ「治療に使われなかった募金は、小児心臓病の治療を研究している財団に寄付する」という回答があった。たしかに救う会の規約にもそう記してあり……』

諏訪野は記事に目を通していく。そこには募金活動は公的な第三者機関により運営されているため、集められた金が目的以外に使われることはないが、どこまでを『医療費』として扱うか不透明な部分もあるということが記されていた。

記事を読み終えた諏訪野は、ノートパソコンを閉じて深いため息をつく。そのとき、午前は外来を行っていた上林が医局に入ってきた。

「あっ、上林先生、外来終わったんですか。お疲れ様です」

諏訪野の挨拶《あいさつ》にこたえることなく、上林は大股《おおまた》で近づいてくると、「これを見ろ」と声を押し殺して机の上に一冊の雑誌を置く。それは、一週間前に絵理の入院をすっぱ抜いた雑誌だった。

「また、四十住さんについてなにか書いてあるんですか？」

「彼女についてじゃない、彼女が所属する芸能事務所についてだ」

上林は雑誌を開いた。そのページを見た諏訪野は息を呑《の》む。そこには、社長である久米が事務所の金の大部分を横領しており、さらに悪質な脱税も行っているという記事が書かれていた。証拠として、事務所の通帳や裏帳簿の画像すら載っている。

「これって……」

「同じ雑誌がすっぱ抜いているところを見ると、四十住さんの入院と、あの社長の横領、脱税の情報を流したのは同一人物とみていいだろう。つまり、あの社長が募金で四十住さんの医療費を節約するために雑誌に情報を流した可能性はなくなった」

「あの……」とあることに気づき、諏訪野は声を上げる。「この記事には、久米がギャンブルなどで金を使い込んだせいで、事務所にはほとんど金が残っていなかったって書かれていますよね。それが本当なら、事務所はもともと四十住さんの医療費を出せなかったんじゃないですか」

「ああ、そうだな」

「だからこそ先週わざと四十住さんの入院の情報を流して会見を開いて、そこで募金を発表したんじゃないですか。そうしないと医療費を工面できないから」

「そりゃあないだろ。だって、今週はあの社長のスキャンダルが載ったんだぞ」

「たしかに社長は関与していなかったと思います。けれど、その他の社員がやったと考えれば筋が通るんじゃないですか？　社長が医療費を払うつもりがないことを知っていて、そのうえで四十住さんを助けたいと思っている人物が」

「その人物って……」

諏訪野が頷《うなず》くと、上林は雑誌を手に取ると身を翻して出口に走る。諏訪野はそのあとを追った。

新館二十六階病棟に着いた諏訪野と上林は、まっすぐに絵理の病室へと向かう。病室まで数メートルというところに来たとき、ドアが開いて中から横溝が姿を現した。

「横溝さん、どこに行くんですか？」

上林が硬い声で訊ねる。こちらを見た横溝は、ほとんど表情を動かすことなく、

「売店に昼食を買いに行くところです」と答えた。

「ちょっとお話をさせてもらえませんか？」

上林はすぐわきにある病状説明室のドアを指さす。横溝は小さく肩をすくめたあと、頷いた。

部屋に入ると、横溝は奥のパイプ椅子に腰掛ける。

「これはどういうことなんですか？」

上林は開いた雑誌をテーブルの上に置いた。

「どうとおっしゃいましても、ここに書いてあるとおりです。その記事が出ると知って、久米はどこかに身を隠してしまいました。うちの事務所はもう終わりでしょうね」

横溝は淡々と言う。

「先週、四十住さんの情報を流したのはあなたじゃないんですか？　それにこの雑誌に載っている横領と脱税の情報も」

「だったら？」

まったく動じることなく答える横溝に、上林は眉《まゆ》をひそめる。

「だったらって、認めるんですか？」

「ええ、認めますよ。私が情報を流したんです。久米はもともと絵理の医療費を払うつもりなんてありませんでした。絵理には二、三億もの金をかける価値がないと言い放ったんです。ただ、絵理を助けようとしなかったという噂を流されないために、金を集めてアメリカで心臓移植を受けさせると騙《だま》していました。私にはそれが許せなかった。だから、まず絵理の病状をリークして世間の注目を集めたうえで、募金について社長に提案したんです。あの男は自分の懐が痛まない方法を喜んで受け入れました。

それどころか、ここから復活すればまた絵理を再ブレイクさせて儲《もう》けられると思ったんです。これ以上、絵理をあの男の道具にしておくわけにはいかなかった。だから今週、横領と脱税についてもリークしたんです」

横溝は相変わらず抑揚のない口調で一気に説明すると、かすかに挑発的な視線を向けてくる。

「私の行動になにか問題でも？　あなたたちは医者のはずです。私の行動をとがめるより、絵理の体調を整えるのがお仕事なのでは？」

「……情報漏洩《ろうえい》について、あなた方の要請でうちの病院は調査チームを作って調べています。早急に要請を取り下げてもらえますか？」

喉《のど》の奥から声を絞り出す上林に、「ええ、承知しました」と答えると、横溝は腰を上げ、部屋から出て行こうとする。

「ちょっと待ってください」

上林に呼び止められ、横溝はドアノブを摑《つか》んだまま振り返った。

「なんでしょう？」

「アメリカで四十住さんの受け入れの準備が進んでいるっていうのは本当なんでしょうね？　本当に四十住さんはアメリカで心臓移植を受けるんでしょうね」

「……私は絵理のために自分が勤めている事務所を潰《つぶ》したんですよ。全て絵理のために動いているんです」

「それは、ちゃんと準備されているってことですね？」

念を押した上林に答えることなくかすかに口角を上げると、横溝は部屋から出て行った。

「なんだよ、あの反応は」上林は机を叩《たた》く。

「あの、上林先生」

諏訪野はおずおずと言う。

「四十住さんが移植を受ける予定の病院に、部活の先輩が一人、いま留学しているんですよ。その人に訊《き》いてみましょうか？」

「……頼めるか？」

諏訪野は口元に力を込めて頷いた。

数時間後、諏訪野は寮のベッドに横になり、天井を見上げていた。来年度から進む科の選択、そして絵理の件。考えることが多すぎて、思考がうまくまとまらなかった。

デスクの上に置かれたノートパソコンが軽い電子音を響かせる。ベッドから起き上がった諏訪野がディスプレイを見ると、メールを一件受信していた。それは絵理が心臓移植を受ける予定だという病院に留学中の先輩からのメールだった。

横溝と話したあとすぐに、絵理の転院について手続きが進んでいるか確認してほしい旨のメールを送っていたのだが、もう調べてくれたらしい。

メールを開き、そこに書かれている文章を目で追っていた諏訪野の表情がこわばっていく。そこには、自分が留学している病院では、そもそも外国人の移植希望の患者を受け入れていないという趣旨のことが書かれていた。

諏訪野は頭を抱える。転院の手続きを進めているということ自体が嘘だった。これからあらためて転院先を探すとなると、どれだけの時間がかかるか分からない。

「どうなっているんだよ？」

転院の話さえ本当なら、横溝の行動も絵理を助けたい一心で説明が付く。しかし、絵理を助ける気がないなら、いったいなんで彼女は情報をリークし、そして金を集めたんだ？

金を自分の懐に入れようとしているのか？　いや、違う。ネットの記事に、寄付は公的な機関によって集められていると書かれていた。横溝が自分で使うことは出来ないはずだ。

髪を掻《か》き乱す諏訪野の脳裏に、絵理の顔がよぎる。三日前に話したときに見た、どこまでも哀しげな笑顔が。その瞬間、体が大きく震えた。

頭の中で一つの仮説が出来上がっていく。

「そういうことか……」

かすれ声が部屋の乾いた空気に溶けていった。


午後十時過ぎの二十六階病棟、白衣を着た諏訪野はカードリーダーに職員証をかざして自動扉を開ける。夜勤の看護師がちらりと視線を送ってくるが、声をかけてくることはなかった。

廊下を進んだ諏訪野は絵理の病室のドアをノックする。中から「どうぞ」と、いつもと同じように気《け》怠《だる》い返事が響く。ドアを開けた諏訪野はゆっくりと病室へと入った。

「あら、諏訪野先生じゃない。こんな時間にどうしたの？」

ベッドに横たわる絵理の儚《はかな》げな笑顔に、胸が締め付けられるような気がした。

「……体調はいかがですか？」

どう切り出して良いか分からず、諏訪野は当たり障りのない質問をする。

「なに？　こんな時間にわざわざそんなこと聞きに来たわけ？」

「えっと……、すみません」

「べつに謝らなくてもいいよ。なんだか眠れなかったし、ちょっと話し相手になってよ」

絵理はベッドわきの、いつも横溝が座っているパイプ椅子を指さす。諏訪野はわずかに頷《うなず》くと、その椅子に腰掛けた。

沈黙が部屋に降りる。諏訪野はからからに乾いた口腔《こうこう》内を舐《な》めて湿らすと、ゆっくりと口を開いた。

「今日はなんというか……、大変でしたね」

「ん？　うちの社長のこと？　まあ、自業自得じゃない？　横溝さんからさっき話を聞いたんでしょ？　完全に所属タレントのことを駒としか見ていないのよね。しかも、給料はピンハネしまくるし。あんな事務所、潰れた方が世のためなのよ」

絵理はケラケラと心からおかしそうに笑う。

「それなのにずっと事務所にいたんですね」

「そりゃあ、ピンハネされても私には芸能活動以外にお金を稼ぐ手段がなかったからね。他の事務所に移ったら仕事干されるだろうし。まあ、移らなくても忙しすぎて体調不良で撮影に穴を空けたりして、仕事どんどんなくなっちゃったけどね。それでやけになってさ、色々と馬鹿なこともやっちゃった」

絵理は自虐的な笑みを浮かべると、大きく両手を広げた。

「なんだか、今日は楽しそうですね」

諏訪野が眉《まゆ》をひそめると、絵理はいたずらっぽい表情を作る。その態度はこれまで病院職員に対して高い壁を作ってきた絵理のものとは思えないほど、温かみがあり、魅力的だった。

「だって諏訪野先生、もう気づいているんでしょ？　こんな時間に来るし、それに顔を見れば分かる。だからもう、わざわざお芝居しなくてもいいの」

「気づいているって、何にですか？」

心臓の鼓動が加速していく。絵理は手を伸ばして諏訪野の頬に触れた。

「諏訪野先生が言ってくれないかな。出来れば自分の口では言いたくないんだよね」

哀しげな瞳《ひとみ》に見つめられた諏訪野は、胸元に手を当てるとゆっくりと唇を開いた。

「四十住さん、あなたは最初からアメリカで心臓移植を受ける気なんてなかったんですね」

「どうして分かったの？」

天井を見上げて深く息を吐いた絵理の横顔には、どこか憑《つ》き物《もの》が落ちたかのような表情が浮かんでいた。

「あなたが転院すると言っていたアメリカの病院に先輩が留学しているんで、その人に連絡を取って本当に転院の準備が進んでいるのか調べてもらったんです」

「ああ、そっかぁ。まさかそこまで調べるとは思っていなかったな。とりあえず有名な病院の名前を挙げておけばいいと思ったのが失敗だったか」

「それを聞いたときは、最初はあなたが騙《だま》されていると思いました。横溝さんがあなたをダシにして寄付を集め、それを手に入れようとしていると。けれど、どうやら寄付は第三者の組織が集めていて、勝手に懐に入れることは出来ない。そう考えたとき、今日の昼に横溝さんが言った『全て絵理のために動いているんです』という言葉が気になりました。あのときだけ、なんとなく横溝さんのセリフに心が籠《こ》もっていた気がしたんです。それで気づきました。あなたは騙されているんじゃなくて、共犯なんだって」

「共犯？　心臓移植をしないで、私にどんな得があるっていうわけ？」

絵理は楽しげに訊《たず》ねてくる。

「そうです。それが分からなかった。けれど、ヒントは救う会の規約にしっかりと書かれていました」

一度言葉を切った諏訪野は、唇を舐める。

「あなたの医療費に使われなかったお金は、小児心臓病の治療を研究している財団に寄付されるって」

絵理は無言のまま微笑んだ。

「自分の影響力を使って、心臓病研究に寄付するお金を稼ぐ。それがあなたと横溝さんの計画だったんですね」

絵理は闇が揺蕩《たゆた》う窓の外に視線を送る。

「この病気になった一年半ぐらい前には、どうにかして助かりたいと思っていた。本気でアメリカで心臓移植を受けようとも思っていたわよ。事務所が費用を出すわけないと分かっていたから、寄付金を使う方法も考えた。けれどね、何度かくり返した入院で、私よりずっと若いのに同じ病気にかかっている子供たちに何人も会ったの。子供の臓器は大人以上になかなか提供されないでしょ。……その子たちが死んでいくのを私は何度も見た」

「……それで、その子供たちを助けたいと思った」

「私はそれほど長くないけれど、濃い人生を送ってきたの。確かに芸能界は辛《つら》かったけど、充実もしていた。仕事が世間に認められたし、色々と恋もした。けれど、そういうことを経験しないで死んでいく子供がいる。そう思ったとき、今回の計画を思いついたんだ。アメリカで私が心臓移植を受けるための費用を使えば、将来たくさんの子供を救えるんじゃないかって」

絵理は話し疲れたのか、ふぅと息をついた。

「お母様と顔を合わせなかったのは、決意が鈍るかもしれないと思ったからですか」

「……そうね。それに、私が死んだとき、お母さんと妹にあまり哀しい思いをさせたくないのよ。だから出来るだけ疎遠になろうとした。誰かさんが余計な気をつかって、お母さんをつれてきちゃったけどね」

絵理は軽く諏訪野を睨《にら》む。諏訪野は「すみません」と首をすくめた。

「まあいいや。やっぱりお母さんに会ったら懐かしくて、すごく嬉《うれ》しかったし」

その言葉を聞いて、諏訪野は唇を固く結ぶ。絵理はふっと表情をゆるめた。

「いやだ、そんな深刻な顔しないでよ。アメリカで心臓移植は受けないっていうだけで、ちゃんとここでの治療は受けるつもりよ。助かるのを諦《あきら》めたわけじゃない。もし日本で運良く心臓移植が受けられるようなら、もちろん手術してもらう。べつに死にたいわけじゃない。ただ……」

絵理は天井を仰いだ。

「もしものときのために、ちょっと世の中のためになることがしたいって思っただけ」

横顔を見つめていると、絵理は少しだけ不安げに視線を向けてきた。

「それで、諏訪野先生はどうするの？　いまのことをマスコミに言ったりするの？」

諏訪野はゆっくりと首を左右に振った。

「そんなことするわけないじゃないですか。医者には守秘義務があるんですから」

絵理の顔に安堵《あんど》が浮かぶ。

「ただ、上林先生には報告させてもらいますよ。明日《あした》にでも、横溝さんと二人で上林先生から小言をもらってください」

「はい、分かりました、諏訪野センセー」

絵理はおどけて言った。諏訪野と絵理の視線が絡む。

「ごめんね、先生や看護師さんたちに失礼な態度を取って。仲良くなったら計画のことぽろっと漏らしちゃいそうだったし、お母さんにあんなに冷たくするのに、病院の人たちに普通に接していたら変だと思って」

「なかなか堂に入った演技でしたよ」

「そりゃそうよ。私は女優だもの」

絵理は唇の端を上げた。その姿を見ながら、諏訪野はためらいがちに口を開く。

「……お母さんにはこのまま会わないつもりなんですか？」

絵理の顔から笑みが引いていく。

「べつにアメリカでの移植を受けないだけで、ここで出来る治療は受けるんでしょ。

もしかしたらすぐにでも心臓移植が受けられる可能性もあるし、そうじゃなくても、補助人工心臓でいまの状態を保っていける。そのうち、心臓移植以外の根本的な治療だって開発されるかもしれませんよ。だから、お母さんを遠ざける必要なんてないはずです」

　気休めにしかならないと分かりつつも、諏訪野は身を乗り出して言う。なぜ自分がここまで必死になっているか分からないまま。

　硬かった絵理の表情がふっと綻《ほころ》んだ。

「心臓移植が必要な人はいっぱいいるんでしょ。私に回ってくるまで、どれくらい待たないといけないか分かる？　それに、新しい治療法なんて、それ以上に時間がかかるんじゃない？　その間、私が生きていけると思うの？」

「大丈夫です……。きっと……」

　言葉に詰まりながらも答えると、絵理は苦笑した。

「今月で担当から外れる人に保証されてもねぇ」

　痛いところを突かれ、諏訪野は口をつぐむ。絵理は目を細めた。

「諏訪野先生が来年度から循環器内科に進むっていうなら、考えてみようかな」

「俺が循環器に……」

「そう、まだどこの科に進むか迷っているんでしょ？　それなら循環器内科医になって、私が集めた寄付で子供の心臓を治す研究をして。それに私の担当医にもなってよ。それを約束してくれたら、私もお母さんとちゃんと話して、治るまで頑張ってみるからさ」

循環器内科に……。諏訪野は口を半開きにしたまま固まる。自分が絵理の担当医として働いている姿が鮮明に頭の中に映し出されていた。なぜか目の前にかかっていた霧が晴れたような感覚をおぼえていた。

「俺は……」

なんと答えるつもりか自分でも分からぬまま言葉を紡ぎ出すと同時に、絵理が身を乗り出して肩を叩《たた》いてくる。

「やだ、そんな本気にしないでよ。冗談だってば。そんなことで諏訪野先生の将来を決めさせるわけにはいかないわよね。大丈夫、ちゃんとお母さんとは話すようにするよ。あと、妹にも」

少し拍子抜けした気持ちで「……そうですか」と答えると、絵理は口元に柔らかい笑みを浮かべたまま諏訪野を横目で見た。

「ただ、諏訪野先生が本当に来年から担当医になってくれたら、ちょっと嬉しいな。ああ、そうだ」

絵理は入院着に包まれた胸の前で両手を合わせる。

「一つだけ諏訪野先生にお願いしたいことがあるんだ」

3

絵理の真意に気づいてから二週間近く経った深夜、諏訪野は寮の自室でデスクに置かれた研修先申請用紙を眺めながら額を押さえていた。循環器内科での研修も、残すところあと三日となっている。つまり、あと三日以内に自分が進む科を決めなくてはならなかった。

絵理と話したあの夜の翌日、諏訪野は上林に全てを報告した。真相を知った上林は騙《だま》されていたことに怒り、絵理と横溝に対して強く抗議をしたものの、もちろん募金活動の真意を外に漏らすこともなく、この病院でしっかりと絵理の治療を行っていくことを約束してくれた。

横領と脱税で告発された久米は、一週間ほど前に関西で身柄を確保され、いまは拘置所に入っているらしい。芸能事務所は倒産し、横溝はその後処理でとても忙しそうにしている。

寄付はいまも集まっているが、先週に発覚した有名俳優と女優の不倫騒動によって、絵理に対する世間の興味は薄れていた。

あの日の三日後、絵理は病室に母親を呼んだ。絵理から話を聞いた母親は涙を流して崩れ落ちたという。絵理は妹とも話をしたがっていたらしいが、妹はやはり体調が良くないようで、いまだに会えていないらしい。

諏訪野はボールペンを手に取る。脳裏にはあの夜に絵理と交わした会話が蘇《よみがえ》っていた。ゆっくりとペン先を用紙に付けたとき、スマートフォンの着信音が部屋に響き渡った。

「なんだよ、こんな深夜に」

愚痴をこぼしながらスマートフォンを取ると、上林の携帯からの着信だった。上林は今日、当直に当たっているはずだ。悪い予感が胸に広がる。

慌てて『着信』のアイコンに触れ、顔の横にスマートフォンを当てた。

「もしもし、諏訪野ですけど」

『諏訪野君、いいか、落ち着いて聞いてくれ』

上林の押し殺した声が聞こえてくる。

『ついさっき、四十住さんが急変した。かなり厳しい状況だ』

手からこぼれ落ちたスマートフォンが床で跳ねた。

補助人工心臓内に生じた血栓による脳血栓症。それが絵理に下された診断だった。

　諏訪野が息を切らして病室に到着したときには、すでに絵理の自発呼吸は停止し、人工呼吸器に繋《つな》がれている状態になっていた。その後、ＭＲＩによる検査が行われた結果、巨大な血栓が脳へ血液を送る血管を閉塞《へいそく》していることが判明し、神経内科医が「おそらく脳死状態」という診断を下した。

　急変の知らせを受けて病院に駆けつけていた横溝と母親の洋子は、絵理の病室でその診断を聞いて泣き崩れた。

　横溝と洋子のすすり泣きを聞きながら、諏訪野は絵理の横顔を眺める。口から気管内挿管チューブが差し込まれているが、その顔は穏やかで、ただ眠っているだけのように見えた。

「このあと……絵理はどうなるんですか？　回復する可能性はないんですか」

　嗚咽《おえつ》の合間を縫うように、洋子が訊《たず》ねてくる。

「残念ながら、脳死状態から回復することはありません。いまは人工呼吸器と補助人工心臓により生命を維持していますが、やがて全身の機能が落ちていき……ゆっくりと息を引き取ると思います」

「そんな……」洋子は両手で顔を覆う。

「……臓器提供」

ぼそりとつぶやいた横溝が、充血した目で上林を見た。

「もし自分が死んだり、脳死状態になったら臓器を提供したいって絵理は言っていました。苦しんでいる誰かを助けたいと。ちゃんと臓器提供意思表示カードも作って、私に預けてあります」

横溝はバッグから一枚のカードを取り出し、上林に差し出す。上林は受け取ったカードを真剣な表情で数十秒見つめた。

「たしかにこれは正式な臓器提供意思表示カードです。そしてここには脳死状態での臓器提供も希望すると書かれています」

上林は洋子の前にひざまずくと「洋子さん」と柔らかく声をかける。洋子は顔を覆っていた手を外すと、上林を見つめる。

「もし母親であるあなたに了承していただけるなら、絵理さんの臓器を提供することが出来ます」

「それって、絵理の体から臓器を取り出すってことですか⁉」

洋子は悲鳴じみた声を上げる。

「まず、神経内科医によって本当に脳死状態かどうかの判断を綿密に行わせていただきます。そこで、間違いなく脳死だと診断されれば、法律に則《のっと》り死亡を宣告します。

その後、日本臓器移植ネットワークに連絡し、絵理さんの臓器を誰に移植するかを決めたのち、……摘出手術を行います」

　唇を固く噛《か》んで、洋子は上林の話を聞く。

「摘出された臓器は、速やかに必要な患者さんに移植されます。ただ、もし洋子さんが脳死臓器提供を望まないようでしたら、私たちは脳死判定を行いません」

　洋子は無言のまま、ベッドに横たわる娘に視線を向けた。誰も口を開くことなく、心電図モニターの電子音だけが部屋の空気を揺らす。

　十分以上、苦悩に満ちた顔で黙り込んだあと、洋子は声を絞り出す。

「……絵理の臓器で何人もの人が助かるんですね？　絵理はその人の中で生き続ける、……それがこの子の希望なんですよね？」

「ええ、その通りです」上林は重々しく頷《うなず》いた。

「やってください」洋子は目元を拭《ぬぐ》う。「この子の最後の希望を叶《かな》えてあげてください」

「分かりました。それでは、手配をさせて頂きます」

「待ってください！」

　上林が部屋から出ようとしたとき、諏訪野が声を上げた。

「諏訪野君？」上林は訝《いぶか》しげに眉《まゆ》をひそめる。

「もし万が一、自分が脳死状態になったらやって欲しいことを、僕は四十住さんから……絵理さんから伝えられているんです」

　諏訪野はベッドサイドのナイトテーブルの引き出しを開けると、その奥にしまってある二つの封筒を取り出し、それを洋子に差し出した。

「これは……」洋子はおずおずと封筒を受け取る。

「お母様への手紙です。これまでの感謝と謝罪を書いたと言っていました。それと、自分の最後の希望も」

「最後の希望？」上林が聞き返す。

「はい、その中の手紙にも書いてあるはずです。自分の腎臓《じんぞう》を妹さんに移植して欲しいって」

「妹さんに腎臓を移植？　それは無理だ。臓器を移植する相手は、日本臓器移植ネットワークが様々な指標をもとに、最も臓器が必要な患者を見つけるんだ。移植するレシピエントを指定することはできない」

「上林先生。それは脳死時の臓器提供、または死後の臓器提供についてです。絵理さんは脳死状態なのかもしれませんけど、神経内科医がそれを判断するまでは法律上『生きて』います。そして、ここには弁護士立ち会いのもとに作られた、妹さんへの腎移植を希望するという文書が入っています」

諏訪野はもう一方の封筒を掲げる。上林は険しい表情で腕を組んだ。

「……なるほど、生体腎移植っていうわけか。たしかにそれなら、生きている人が自分の家族に腎臓を提供するわけだからなんの問題もないはずだな」

諏訪野が洋子の目を見つめる。

「つらい思いをしている妹さんを助けたい。それが絵理さんの希望でした。妹さんは未成年です。あなたが了承さえしてくれれば、その希望は果たせます。どうか、絵理さんの一部が妹さんの中で生き続けるチャンスをあげてください」

洋子の目から涙が流れはじめる。その涙を拭うことなく、洋子は力強く頷いた。


翌日、絵理の希望通り、彼女の腎臓は妹に移植された。本人が拒絶する可能性も考え、妹には絵理の腎臓であることは告げず、ただ急にドナーが見つかったので移植手術を受けられるとだけ伝えられた。

いつか自分の口で真実を告げる。洋子は決意の籠《こ》もった表情でそう言った。

移植手術は問題なく終わり、その後、絵理の脳死判定が行われた。手順通りの判定で絵理は脳死と判断され、日本臓器移植ネットワークに報告し、臓器摘出のスケジュールが組まれた。

　そして諏訪野が循環器内科で研修する最終日の今日、絵理の臓器摘出が行われることとなった。すでに家族との別れをすませた絵理の体がストレッチャーに乗せられ、手術室へと運ばれていく。諏訪野と上林は、それに付き添っていた。

　手術室の前にストレッチャーが到着する。諏訪野たちが立ち会えるのはここまでだった。この後、絵理の体から臓器が摘出され、それらはそれぞれを待つ患者のもとへと運ばれて行く。

「四十住さん、お疲れ様でした」

　絵理に会釈をしながら声をかけた上林はストレッチャーから離れる。かわりに諏訪野がストレッチャーに近づいた。

　目頭が熱くなり、なんと声をかけて良いのか分からなくなる。しかし、ストレッチャーを押している麻酔科医や看護師が急《せ》かすことはなかった。

　諏訪野はおずおずと絵理の頬に手を当てる。伝わってきた体温が、彼女との一ヶ月の記憶を鮮烈に呼び覚ました。諏訪野は一度大きく息を吐く。

「さようなら、絵理さん」

　それだけで良かった。胸に湧き上がっている気持ちはきっと、言葉に出さずとも伝わっているはずだから。

ストレッチャーが手術室へと運ばれて行く。鉄製の自動扉が閉まっていくのを、諏訪野はただ眺め続ける。

「上林先生」諏訪野は目元を拭いながら言う。

「どうした?」

上林の声は柔らかかった。

「俺、どの科に行くか決めました」

エピローグ

扉の前で白衣の襟を整えた諏訪野は、必死に深呼吸をして緊張を希釈していく。

四月一日、二年間の研修医生活を終え、今日から一人の医師としての人生がはじまる。

天井を仰ぐと、二年間の研修生活の記憶が鮮明に蘇《よみがえ》る。様々な医師や患者と出会い、そして様々な経験をした。

楽しい記憶、辛《つら》い記憶、その全てが輝き自らの血肉となっている。

愛する男の暴力から逃れるため、大量服薬をくり返し装っていた女性。保険金によって家族を幸せにしようと、自らの体にメスを入れさせた老人。幸せな未来を手に入れるために、下腿《かたい》に湯をかけた母親。愛《いと》しい父親と会うために、薬を捨てていた少女。

そして……。

目を閉じると瞼《まぶた》の裏に、世間を欺いてまで多くの人を救おうとした女性の微笑みが蘇る。

さて、行くか。

諏訪野はドアノブを掴《つか》み、扉を開く。中には教授を筆頭に、大勢の医局員が待ちかまえていた。

彼らの拍手を全身に浴びながら、諏訪野は大きく息を吸う。

「本日より循環器内科でお世話になります諏訪野良太です！　どうぞよろしくお願いいたします！」

覇気の籠もった声が、循環器内科の医局に響き渡った。

本書は、二〇一八年三月に小社より刊行された
単行本を文庫化したものです。

祈《いの》りのカルテ

知《ち》念《ねん》実《み》希《き》人《と》

令和３年　２月25日　初版発行
令和６年　８月10日　13版発行

発行者●山下直久

発行●株式会社KADOKAWA
〒102-8177　東京都千代田区富士見2-13-3
電話　0570-002-301（ナビダイヤル）

角川文庫 22546

印刷所●株式会社暁印刷
製本所●本間製本株式会社

表紙画●和田三造

●お問い合わせ
https://www.kadokawa.co.jp/（「お問い合わせ」へお進みください）
※内容によっては、お答えできない場合があります。
※サポートは日本国内のみとさせていただきます。
※Japanese text only

ISBN 978-4-04-110980-9　C0193

角川文庫発刊に際して

角川源義

第二次世界大戦の敗北は、軍事力の敗北であった以上に、私たちの若い文化力の敗退であった。私たちの文化が戦争に対して如何に無力であり、単なるあだ花に過ぎなかったかを、私たちは身を以て体験し痛感した。西洋近代文化の摂取にとって、明治以後八十年の歳月は決して短かすぎたとは言えない。にもかかわらず、近代文化の伝統を確立し、自由な批判と柔軟な良識に富む文化層として自らを形成することに私たちは失敗して来た。そしてこれは、各層への文化の普及滲透を任務とする出版人の責任でもあった。

一九四五年以来、私たちは再び振出しに戻り、第一歩から踏み出すことを余儀なくされた。これは大きな不幸ではあるが、反面、これまでの混沌・未熟・歪曲の中にあった我が国の文化に秩序と確たる基礎を齎らすためには絶好の機会でもある。角川書店は、このような祖国の文化的危機にあたり、微力をも顧みず再建の礎石たるべき抱負と決意とをもって出発したが、ここに創立以来の念願を果すべく角川文庫を発刊する。これまで刊行されたあらゆる全集叢書文庫類の長所と短所とを検討し、古今東西の不朽の典籍を、良心的編集のもとに、廉価に、そして書架にふさわしい美本として、多くのひとびとに提供しようとする。しかし私たちは徒らに百科全書的な知識のジレッタントを作ることを目的とせず、あくまで祖国の文化に秩序と再建への道を示し、この文庫を角川書店の栄ある事業として、今後永久に継続発展せしめ、学芸と教養との殿堂として大成せんことを期したい。多くの読書子の愛情ある忠言と支持とによって、この希望と抱負とを完遂せしめられんことを願う。

一九四九年五月三日